U0655202

◉ 相约名家·"冰心奖"获奖作家作品精选 ◉

WODEMINGZI
JIAOYING

我的名字叫鹰

邢庆杰 著

高长梅　王培静/主编

九州出版社 JIUZHOUPRESS | 全国百佳图书出版单位

图书在版编目（CIP）数据

我的名字叫鹰 / 邢庆杰著. -- 北京：九州出版社，2013.5
（2024.4 重印）
（相约名家·冰心奖获奖作家作品精选 / 高长梅，王培静主编）
ISBN 978-7-5108-2088-5

Ⅰ.①我…　Ⅱ.①邢…　Ⅲ.①短篇小说 – 小说集 – 中国
– 当代　Ⅳ.①I247.7

中国版本图书馆CIP数据核字（2013）第084312号

我的名字叫鹰

作　　者　邢庆杰　著
出版发行　九州出版社
地　　址　北京市西城区阜外大街甲35号（100037）
发行电话　（010）68992190/3/5/6
网　　址　www.jiuzhoupress.com
电子信箱　jiuzhou@jiuzhoupress.com
印　　刷　三河市恒升印装有限公司
开　　本　710毫米 × 1000毫米　16开
印　　张　9
字　　数　130千字
版　　次　2013年5月第1版
印　　次　2024年4月第6次印刷
书　　号　ISBN 978-7-5108-2088-5
定　　价　49.80元

★　版权所有　　侵权必究　★

出版说明

　　冰心是我国现代文学史上著名的作家，她的儿童文学作品和散文在中国文学史上占有重要位置。

　　这里所说的"冰心奖"包括"冰心儿童文学艺术奖"和"冰心散文奖"。

　　"冰心儿童文学艺术奖"创立于1990年。创立以来，它由最初的单一儿童图书奖，发展为包括图书、新作、艺术、作文四个奖项的综合性大奖，旨在鼓励儿童文学作品的创作出版，发现、培养新作者，支持和鼓励儿童艺术普及教育的发展。其中，"冰心儿童文学新作奖"与"宋庆龄儿童文学奖"、"陈伯吹儿童文学奖"、"全国儿童文学奖"并称国内四大儿童文学奖。

　　"冰心散文奖"是一项具有权威的全国性的散文大奖。冰心生前曾是中国散文学会名誉会长，"冰心散文奖"是遵照其生前遗愿而设立的，旨在彰显我国散文创作的成就，不断评选出题材广泛、思想敏锐、着力表现现实生活，创作形式风格多样的优秀散文。"冰心散文奖"是与"茅盾文学奖"、"鲁迅文学奖"并列的我国文学界散文类最高奖项，也是中国目前中国散文单项评奖的最高奖。

　　《相约名家·冰心奖获奖作家作品精选》共收录近年来荣获"冰心儿童文学艺术奖"和"冰心散文奖"的三十位作家的作品。这些作品无论是小说还是散文，或抒写人间大爱，或展现美丽风光，或揭示生活哲理，或写实社会万象，从不同角度给青少年读者以十分有益的启迪。

　　随着中小学课程改革的深入与发展，让中小学生多读书、读好书早已成为共识。我社推出本套大型丛书，希冀为提升中国的基础教育、为青少年的健康成长尽一份力。

九州出版社

目 录
C O N T E N T S

目 录
CONTENTS

目 录
C O N T E N T S

第一辑

透明的琴声

WODEMINGZI

JIAOYING

徒步走进城市的乡村男孩

　　走出这片玉米地，再往北走，前面的一切对于郝明明来说，都是未知的了。从记事起长到12岁，郝明明还从未走出过这个村庄所辖的范围。郝李庄是一个有2000多人的大村，村里有学校，隔五天还有一个集，所以村里人上中小学、买东西都不必远行。玉米地以北，是大片大片的不毛之地，雪白的盐碱在日头下反射着白茫茫的光。一条弯弯曲曲的小路，伸向盐碱地的深处……郝明明站在路边上，有些茫然失措，他不知道自己应不应该继续走下去，如果继续走下去，等待他的，将会是什么呢？这样想着，他心里忽然冒出了一个词儿：前途渺茫。他笑了，原来前途渺茫就是这么个感觉。

　　郝明明最终踏上了弯弯曲曲的盐碱路，一直向北走去。村里人告诉他，一直向北走，就能走到省城。太阳越升越高了，郝明明看到自己的影子越来越短，空气就变得越来越热了。斜背在后背上的包袱，刚上路时若有若无，他几次怀疑是丢掉了，用心感觉，才能感觉到它的存在。而现在，它变得越来越重了，想忘记都忘不了。他用袖子擦了擦额头上的汗，有一滴落到了眼里，一阵刺痛，泪水就溢了出来。路长得好像没有尽头，远处近处，全是高高低低的土岗子，清一色白茫茫的色调，让他感觉有些晕眩。

　　生活对于只有12岁的郝明明来说，的确有些残酷。去年夏天的一天，妈妈忽然不见了。郝明明从村里人的议论中得知，妈妈是跟一个经常来村集上卖衣服的男人跑了。妈妈走了以后，爸爸再也没有笑过，以前的爸爸是个爱说爱笑的男人。今年的正月十五，爸爸给郝明明包了一顿韭菜猪肉的饺子，馅里放了很多的肉，让他大饱了一次口福。郝明明吃着香喷喷的饺子，心里忽然有些不踏实起来。爸爸以前可是非常节俭的人，炒菜都舍不得放油，为此，妈妈老骂他"抠门儿"。可是这次，他却放了这么多的肉，是不是要有什么事情发生了？妈妈出走的前一天，正好是村里赶集，妈妈给他买了一身新运动服，还配了一双双星运动鞋，这是以前他哭闹多次都没能遂愿的。这还不算，妈妈给他买完了衣服，还带他到街上的饭馆里吃了红烧排骨。这一连串的好事儿，让郝明明有了一种梦幻般不真实的感觉。到了第二天，还沉浸在幸福中的他就得知了妈妈出走的坏消息。从那以后，郝明明就朦朦胧胧地明白了一个道理：凡是莫名其妙来的好事儿，都是要发生坏事情的前奏。果然，吃罢饺子的第二天，爸爸就让他上了寄宿制班，自己随村里的男人们去省城打工了。

爸爸走了以后，郝明明就经常做一个梦，梦见爸爸回来了，还领回了妈妈。他高兴地在爸爸妈妈之间跳来跳去，不停地问妈妈：妈妈，你以后还走吗？妈妈抱着他说：妈妈不走了，永远永远都不走了……郝明明每次都是妈妈抱他时醒来，再做同样的梦时，他就紧紧地箍着妈妈的腰说：妈妈抱紧我妈妈抱紧我，别走别走……可他还是醒来了，眼前黑洞洞的，空气里满是臭袜子的味儿，他伸开双臂去抱，手却碰在铁管做的床栏杆上，生疼。他吸吸鼻子，轻轻叫了声妈妈，泪就滑落下来，把枕头洇湿了一大片。

日头偏西的时候，一条黑亮亮的柏油马路出现在盐碱地的尽头。郝明明兴奋地跑了起来，从深一脚浅一脚的盐碱地踏上一马平川的柏油路，他觉得从脚底到全身都轻松多了。柏油路蜿蜒着伸向遥远的北方，不时有车辆呼啸着从他身边擦过。走了好长一段时间，树的影子都拉长了，天气也凉爽了些。前面的路边上房子多了起来，有饭店、商店、澡堂子、修车铺子。郝明明心想，莫不是到了省城？省城原来就是这个模样的呀！路边有一个大太阳伞，伞下是一个白色的大冰柜，旁边坐着一个胖胖的女人。看见郝明明，胖女人问：买冰糕吗？郝明明不好意思地摇了摇头，问：阿姨，这里是省城吗？胖女人愣了一下，随即就笑了：这里哪是省城呀，这是枫镇，省城还有200多里呢。郝明明沮丧地低下了头。胖女人又说：去省城的车开过来了，还不快去上车。郝明明顺着胖女人手指的方向，果然看到有一辆大客车停在前面的路边上。他紧跑几步，抓住扶手登上了车门，门口一个拿着票夹的年轻女人拦住他说：先买上票。郝明明脸红了，他低声说：我……我没、没钱。女人一把将他推下来说：没钱你还坐的哪门子车！郝明明往后一仰，跌在了路边的石子路上，硌得屁股生疼。他恨恨地瞪了那女人一眼，女人却轻蔑地一笑，把车门关了。车缓缓地开动起来时，郝明明忽然发现车的屁股后面竟然有一架通往车顶的梯子，他眼睛忽然亮了。他从小就是村里的爬树冠军，别说是树，就是光溜溜的电线杆，他脱了鞋子，两个脚心夹住线杆，一气儿就能窜到杆顶。郝明明爬起来，紧跑几步就抓住了车后的铁梯子，然后三窜两纵就爬上了车顶。由于车内的后排座上塞满了货物，车里的人没有发现他。

车顶上满是鼓囊囊的编织袋子和绑了绳子的纸箱。郝明明找个能倚着的地方坐下，长吁了一口气。车越开越快了，风从耳边呼呼而过，郝明明觉得非常凉快、舒适。他觉得肚子有些饿了，就解下背上的包袱，拿出一个馒头啃起来。他边啃边想，这样快，很快就能到省城了吧。他又累又困，吃着馒头就睡着了。

车在拐一个急弯的时候，把睡梦中的郝明明甩了下来。当时，郝明明感觉有一种力量把自己吸了起来，像一片叶子，轻飘飘地落了下去，随后就什么也不知道了。

郝明明在懵懂中有了意识时，感觉浑身疼痛。这是在哪儿呢？在学校？他喊了所有舍友的名字，却无人回答。慢慢地，他想起来了，学校已经放暑假了，同学们都回家了……慢慢地，他又记起，自己已经出了村子，上了去省城的车，怎么会在这儿呢？他奋力地睁开眼睛，眼前黑洞洞的，坏了，他想，是不是我的眼睛瞎了？那我就找不到爸爸了……头一阵晕眩，又迷糊了过去。

郝明明再次睁开眼睛的时候，他看到了头顶上湿漉漉的天空、浅灰色的云朵和飞翔的鸽子。他挣扎着坐了起来，发现自己躺在一条水沟边上，周围全是茂盛的芦苇。他站起来，从头到脚看了看自己，发现衣服有几处扯破了，露出了肉，用手摸了摸脸，还好，脸上没有伤，倒抹下了一把凉凉的露水。郝明明欲哭无泪，他爬上沟沿，站在了柏油路边上，看到东方正有一轮红彤彤的新日从地平线上弹跳起来，整个天地忽地一下亮了。郝明明知道，这已经是他出来的第二天早晨了。

郝明明又渴又饿，可他的包袱不知丢到哪里去了。这是个前不着村、后不着店的地方，他只有咬着牙向着北方走了下去。他想，只要到了省城，找到爸爸，就有好吃的了。在这个信念的支撑下，他充满信心地顺着柏油路向北走着。他整整一天水米未进，从旭日东升走到夕阳西下，终于，他看到了城市的楼群。当他真正地进入城市腹地，已经是华灯初上了。

到哪儿去找爸爸呢？面对着灯光辉煌的都市，郝明明眼花缭乱、无所适从了。他原以为，省城就是比他的村庄大一些的地方，只要从东头找到西头，再从南头找到北头，就能找到爸爸。以前在村里，他去找爸爸回家吃饭时，就是这么找的，每次总能找得到。可是这里，平坦的马路一眼望不到头，还有纵横交错的高架路，闪烁着奇光异彩的高楼大厦，应该从哪里开始找呢？

郝明明对自己来省城，有了一点点的后悔。可转念一想，不来省城，又有什么办法呢？学校放暑假了，同学们都回家了。他回到了四处落满灰尘的家，感觉到家已经变得那么陌生。爸爸临走的时候，肯定忘记了学校会放暑假这件事，要不，他不会把自己扔在家里不管的。他不怪爸爸，妈妈走了以后，爸爸的话少了，还老爱忘事儿。郝明明孤独地在家里待了三天，没有了爸爸妈妈的家，让他非常害怕，晚上经常被噩梦惊醒。醒了，他就不敢再睡，把自己蒙在被子里面，提心吊胆地等待天亮。家里一点儿吃的都没有，开始的几天，他还可以用爸爸留下的一点儿钱去街上买个油条、火烧之类的充饥，可这点儿钱很快就花光了，他不知道怎么才能弄到吃的填饱肚子。去省城找爸爸，这个念头就不知不觉地冒了出来，而且越来越强烈了。

虽然已是晚上，但大街上仍然亮如白昼，车辆行人川流不息。郝明明顺着人行道，漫无目的地挪动着脚步。他的肚子又开始叫了起来，双腿也软绵绵的没有了一丝力气。他发现路边有几个连在一起的蓝色塑料椅子，就坐下了，感觉很舒服，心想，省城就是好，连大街上都有椅子，不知道晚上会不会被人给偷走。一男一女肩并着肩从他面前走过去，随即，他闻到了一股子浓浓的香味儿，胃极其敏感地抽动了一下。他的双眼急切地寻找着那香味儿的来源——找到了，是在那个女孩的手里，是一个被塑料袋子裹着的黄乎乎的东西。郝明明眼巴巴地看着女孩的背影，不由自主地咽了口唾沫。忽然，那个女孩子离开男孩，把手里的东西塞在了路边的垃圾筒里，然后，又和男孩手挽手地走开了。郝明明的心跳莫名其妙地加速起来，他问自己，你紧张什么呢？又不是偷东西！然而，他还是像偷人家的东西一样，左右瞧了又瞧，看了又看，确信没人注意时，飞快地跑到垃圾筒边上，从那个圆孔里伸进手去……然后，他又飞快地回到了刚才坐的座位上。他又悄悄地往周围看了看，仍然没人注意他，就慢慢打开了那个袋子。袋子里的东西令他兴奋了，是一个仅咬了两口的面包，而更意外的是，面包里面还夹着一个炸鸡腿。他毫不客气地大吃大嚼起来，他还从来没有吃过这么香的一顿饭。吃饱了肚子，郝明明的心安稳了很多，他想，找爸爸的事儿，只能等到明天了，爸爸会在哪里呢……想着想着，他开始蜷缩在椅子上打瞌睡，不知不觉中竟然睡着了……

郝明明来到一个修楼的建筑工地。一个满脸泥污、看不清模样的人拦住他问：你找谁？郝明明说：我找我爸爸。那人用手指着高高的脚手架问：你看看，那个人是不是你爸爸？郝明明抬头一看，果然看到爸爸正站在脚手架上搬砖。他兴奋地叫了一声：爸爸——爸爸一回头，忽然脚下踩空了，一头栽了下来！郝明明哭着大叫：爸爸——不要——忽觉肩上一沉，睁眼一看，一个戴红袖箍的男人站在他面前，正拍他的肩膀。他明白了，刚才是做了个噩梦。那男人样子很凶地说：这里不准睡觉！郝明明怯怯地站起来问：那，我到哪里去睡？男人不耐烦地说：爱去哪儿去哪儿，这儿不行，快走，再不走就关你的禁闭。吓得郝明明转身就跑，那人在后面大喊：站住！郝明明吓得一哆嗦，立马站住了。那人也不看他，仍旧黑着脸说：你顺着这条路一直往前走，前面的天桥底下可以过夜。

郝明明顺着这条路走了不到半个小时，果然走到了一座桥底下，桥下很宽敞，立着一根根粗大的桥墩。他惊喜地发现，桥下竟有七八个人，躺在各个桥墩下睡觉。有这么多人，他可以不用害怕了。他找了个没人的地方，傍着桥墩躺了下来。

哪儿来的？谁让你在这里睡的？！

随着一声大喊，那七八个人都呼啦一下围在了郝明明的周围，借着远处的灯光，郝明明看到七八张脸都脏乎乎的，看不清年龄。他惊恐地坐起来说：我是来找我爸爸的，刚才有个戴红袖箍的叔叔让我在这里睡的。

他妈的，这是我们的地盘，他有什么权力让你睡这里？快滚！其中的一个男人说着，就要过来拽他。忽然，一个沙哑的声音传过来：是个孩子吧，让他在这里睡吧。

那几个人悄悄地回到自己的位置躺下了。

郝明明循着声音找过去，见不远处的一个桥墩下，倚坐着一个身材高大的人，胡子很长，像是年纪很大的样子。郝明明小声说：谢谢你，爷爷。那人不高兴地说：不要叫我爷爷，我是这儿的老大，你就叫我老大。郝明明迟疑了一下，又说了声：那，谢谢你，老大。他觉得自己像是电视里演的黑社会的人了。那人这才高兴了，冲他摆了摆手说：快睡吧。

郝明明把两只手垫在脑袋下，很快就进入了梦乡。

这一觉，郝明明睡得太香了，连日来的惊吓、无助、劳累，使他太困太乏了，他竟然一夜无梦，一觉睡到了日上三竿。他睁开眼睛，发现昨天晚上的那些人都不见了，他们睡觉的地方留下了一张张的破草垫子。郝明明想，他们大概是丐帮的人吧，那个老大，应该就是帮主了，要是洪七公在就好了。

从这一天起，省城的各个建筑工地上，先后出现了一个矮小的身影。他衣衫破旧，头发蓬乱、肮脏，像一个小乞丐。由于枯瘦，他的眼睛显得特别大，闪烁着无助、茫然的泪光。他每到一处，就会挨个询问正在工作的人们：我爸爸在这里吗？他叫郝正阳……人们呢，有的摇摇头，有的干脆不理他，还有的逗他说：你看，我不像你爸爸吗？还有少数人态度温和地对他说：这里没有叫郝正阳的，你到别处再找找吧，要不，你就回家等，一个小孩子乱跑很危险的……

几天来，郝明明像一只没头的苍蝇，到处乱撞。看到有塔吊、脚手架的地方，他就想办法进去找爸爸。有时门口不让进，他就从旁边的临时隔离墙上爬过去。几番折腾，他的裤子已经撕成一条条的了，露着脏乎乎的腿。好在天气正热，这并没有让他吃更多的苦头。渴了，他就找个有自来水的地方，拧开水管子猛灌一气，饿了，就到垃圾箱找东西吃。晚上，他才拖着疲惫不堪的双腿回到那个天桥底下睡觉。一天又一天，在天桥下睡觉的几个乞丐，都知道了他的事情。那个老大，年纪和郝明明的爸爸差不多，只是留了很长的胡子，显老。郝明明来了十几天后的一个晚上，老大对他说：你干脆也别费劲儿找了，就跟着我们干吧，说不定什么时候就碰见你爸爸呢。郝明明被他的话吓了一跳，想也没想就脱口而出：我才不当乞丐呢。话音刚落，乞丐们哈哈大笑起来，把他快笑傻了。只有老大没笑，老大问：你以为你是干什么的呀？国家干部吗？一句话引得大家又是一阵子疯笑。一个年轻的乞丐说：瞅瞅你这套行头，还不如我们乞丐呢，你是丐中丐啦！另一个乞丐接过去怪声怪调地说：一片顶过去五片。郝明明窘迫地看了看自己的衣服，自己果然连乞丐也不如，穿的不如，吃的更差，他们每天晚上有酒有肉，自己只能靠从垃圾箱里找点儿发霉变质的东西充饥，就这，有时还吃不饱呢。这么一想，他的眼泪像小溪一般淌了下来。

这一晚，天气有些闷热，蚊子也特别多，周围拍打蚊子的声音此起彼伏。郝明明怎么也睡不着了。已经来省城十几天了，可还没见到爸爸的影子，爸爸到底在哪里呢？他是回家了？还是像自己梦见的那样，出了事了……他翻来覆去地想，越想越睡不着，倒是把头想得都疼了。他站起来，顺着一条狭窄的胡同慢慢地溜达起来。他本来是想透透风的，可是外面也没有一丝儿风，汗水一会儿就爬满了全身，痒痒的。

不知不觉之间，郝明明走出了很远，周围的环境已经非常陌生了。他正想往回走时，忽然平地刮起一阵大风，接着就是电闪雷鸣，豆大的雨点儿就噼里啪啦地落了下来。郝明明赶紧往来的方向跑，可是，雨水瞬间就密了起来，一会儿就将他浇透了。他看到路边有一个楼门洞子，就一头扎了进去。

雨越下越大，湿透的衣服紧贴在郝明明的身上，风一刮，冷得他直打哆嗦。他借着闪电的光亮往里走，发现里面是一个楼梯，可以向上走，也可以向下走。他想，下面应该没有风，暖和一些，就试探着往下走，走了几步，楼梯就到头了，面前是一条长长的走廊，走廊两边有很多铁门。他想：雨一时也停不了，干脆，今晚就在这儿睡吧。转念一想，要是被人发现了赶出去怎么办？一会儿路灯全熄了，哪能找得回去呢。他借着不断亮起的闪电仔细观察，发现楼梯底下有一个空隙，不容易被发现，于是，他猫身钻了进去。没想到，里面竟然有一团软乎乎的破被子，不知是谁丢弃在这里的，他披着被子，靠在了墙角上，嘀，比在天桥底下可舒服多了。郝明明闭上了眼睛，不一会儿就睡着了。

不知睡了多长时间，郝明明被一阵刺耳的声音惊醒了。他揉了揉眼睛，什么也看不见。那种尖锐的吱吱声依然在响，他的心一下提到了嗓子眼儿，这是什么在响呢？这么晚了，不会是闹鬼吧？他的头发都要竖起来了。他按捺住剧烈的心跳，悄悄爬出来，寻找着声音的来源。这时，恰好打过一道闪电，他看见一个男人，手里拿着一个什么东西在撬门，那吱吱的声音正是那儿传过来的。坏了，是贼！他赶紧悄悄往回爬，想藏到原来的地方。就在这时，头顶上传来一阵脚步声，一个模模糊糊的人影顺着楼梯走了下来。紧接着，啪的一声：走廊里的灯亮了！下来的竟然是一个年轻阿姨，手里还提着一串钥匙，看来，她是下来拿东西的。阿姨和男人四目相对，同时呆住了。他们谁也没有发现趴在楼梯侧面的郝明明。还是阿姨先反应了过来，大喝一声，你是干什么的！男人吓得哆嗦了一下，同时醒悟了过来，他扔下手里的家伙，从怀里掏出了一把雪亮的尖刀，低声说：不许喊，敢喊就捅死你！说着，把尖刀抵在了阿姨的脖子下面。阿姨也害怕了，一动也不敢动。男人问：哪一间是你的地下室？给我打开，老子只图财，不要命。阿姨哆哆嗦嗦地用钥匙打开了一间铁门。男人用刀子逼着阿姨进了铁门，又按亮了里面的灯。呀，这么多好东西呀，老子今天可发了财了。男人压抑着的声音里透着兴奋。郝明明几乎吓傻了，以前在电视里看到的镜头，今天竟然真实地在眼前上演了。怎么办？跑吧，跑出去就没事儿了。可是，那位阿姨怎么办呢？喊人，这么晚了，要是人们都睡熟了，听不见怎么办？那把刀子那么锋利……这时，只听那个男人压低声音说：老子今天只想捞一把的，没想到，撞上你这么漂亮的，老子可要劫财劫色了！阿姨颤抖着声音说：你、你别过来，你过来我要喊了……男人冷笑了一声说：你敢喊一声，我就捅死你……阿姨说：你想拿什么全拿走吧，只求你放过我……在阿姨不断求饶的声音中，郝明明哆哆嗦嗦地站了起来，他发现了刚才男人丢在门口的家伙，那是一根有他胳膊那么粗的铁撬棍。他悄悄地走到门口，捡起了沉甸甸的撬棍。屋里，男人背对着门，一步步向里紧逼。阿姨已经缩到了墙角，猛然发现了站在门口的郝明明，忙喊：不要呀！快去喊人！男人回头的瞬间，郝明明不知从哪里来的勇气，奋力挥起撬棍，砸向男人！男人一躲，撬棍砸在了他的胳膊上，刀当地一声掉在了地上。郝明明挥起撬棍又要砸时，男人已经扑上来，抓住了撬棍。阿姨乘机从郝明明身边跑了出去，边跑边尖声大喊：来人呀！抓贼呀……男人恨恨地骂道：小兔崽子，敢坏大爷的好事，找死呀！说着话，夺过撬棍，劈头砸了下来！郝明明下意识地偏了偏头，只觉得左耳嗡地响了一下，就失去了知觉。

郝明明醒过来时，先觉得头一阵阵剧痛。他低声呻吟了一声，睁开了眼睛，见眼前站了很多人，有穿白大褂的医生，有穿着警服的警察……见他醒来，大家都高兴地露出了笑容，一个年轻的阿姨眼含着热泪说：孩子，你可醒了！你都昏迷了两天了！郝明明仔细地看了看，想起来了，她就是那天晚上遇上贼的阿姨，就用微弱的声音问：阿姨，贼抓到了吗？阿姨连连点了点头说：抓到了、抓到了，好孩子，阿姨得好好谢谢你啊！郝明明忽觉脑袋一阵迷糊，又失去了知觉。

郝明明真正地清醒过来，已经是半月以后了。此后，那年轻阿姨每天都来看郝明明，每次来都要带一大堆的零食和营养品，有些东西，郝明明不但从未见过，连听都没有听说过。阿姨每次来都会陪他一会儿，渐渐地，郝明明知道了，年轻阿姨名叫吕雅梅，是省电台的记者。在吕阿姨的再三询问下，郝明明含泪把妈妈出走、爸爸来省城打工、自己进城找爸爸的经过讲了一遍。听了他的讲述，不但是吕阿姨，就连给他输液的女护士都哭了。吕阿姨含着眼泪把他揽在怀里说：好孩子，一切都过去了，你再也不用睡天桥了，再也不用到垃圾箱里捡东西吃了……

时间一天一天地过去了，郝明明每天都在病房里输液、看电视。有时，吕阿姨还会领几个人来，用啪啪闪光的相机给他照相。一个叔叔还扛着一个挺大的家伙对着他照。一边照着，一个漂亮的阿姨还反复问他来城里后的经历，特别是他手持铁棍救吕阿姨的那一档子事儿，问得特别仔细。一日三餐，吕阿姨都准时把可口的饭菜送到病房，如果她没空，就会让她的丈夫或同事代送。每天都享受着变着花样做出的鸡鸭鱼肉，渐渐地，郝明明觉得自己胖了，身上也有了力气，很快就能下床自由活动了。

这一天，郝明明刚刚输完液，门忽然被推开了，吕阿姨带着一个高高瘦瘦的男人走了进来！郝明明忽地坐了起来，激动地叫了一声：爸爸！那男人扑过来，把郝明明紧紧地抱在了怀里！郝明明哭着说：爸爸，你怎么知道我在这里呀，是不是我又做梦了……

后来郝明明才知道，他的不幸遭遇和见义勇为的精神深深打动了吕阿姨，她决定尽自己的最大努力帮助这个不幸的孩子。在她的积极奔走和多方协调下，连日来，省城的各大报纸、电台、电视台等新闻媒体都陆续报道了郝明明见义勇为英勇负伤的消息，并特别对他寻找爸爸的事情做了详细报道。晚报上的标题是：乡村男孩徒步进城寻父、偶遇强匪挺身救美。在报道的后面，还呼吁全体市民共同努力帮助小英雄寻父，并留下了吕阿姨的电话和医院的地址。

由于媒体的宣传，几天来，郝明明的事迹传遍了省城。郝明明的爸爸平时并没有时间也没有机会看报纸，是他所在工地的包工头先看到的报纸，就让人把他从脚手架上喊下来，把报纸扔给他问：老郝，看看这是不是你的儿子？他拿过报纸一看，照片上头缠绷带的正是自己的儿子，于是马上请了假，匆匆忙忙赶了过来。

郝明明父子团聚了，他的伤也痊愈了。出院后，吕阿姨在省城给他联系了一家高级私立学校，因学校老板是吕阿姨的朋友，他的学杂费全免，只交少量的书费和生活费用。郝明明的爸爸依然在省城打工，父子俩每周都有见面的机会了。

老汤酒馆

　　小城地处黄河中下游平原，属繁华之地，有"九达天衢"之说。在这样一个不大不小的城里，老汤酒馆只能算是中等偏下的馆子。这种馆子，遍布城市的角角落落。但是老汤酒馆的生意却非常红火，每天的中午和晚上，八个单间都爆满不说，连能容纳五六十人同时就餐的大厅，也热闹非凡。不但桌桌都有客人，还经常翻桌。这在同等规模和档次的酒馆中，是不多见的。

　　老汤酒馆是一个四合院改造的，全是小平房。酒馆的服务员大多是三四十岁的中年妇女，各自穿着家常的衣服，说话又淳朴，有邻家大嫂的味道。酒馆的大厅是三间通着的平房，吧台就在大厅的一个角落里。负责在吧台收款记账的老板娘，30多岁，却保养得极好，没发福，看背影和腰身，就像一个大姑娘。老板娘的脾气也出奇的好，我经常和朋友去吃饭，从未见她对服务员或客人大声说过话。他有一个10岁的儿子，也非常乖巧，逢星期天就来帮着端盘子倒茶水，嘴也甜，极讨人喜欢。因我去得勤的缘故，每次老板娘见到我，都要加一个菜，这在生意好的酒馆里，也是不多见的。当然，我和朋友们经常去，不仅是因为老板娘漂亮温柔，也不仅是因为她的儿子乖巧，主要的，还是她酒馆的菜极有特色，否则，在酒馆林立的这个城市里，也不会有这么多的人从四面八方涌到这个小馆里来消费。

老汤酒馆的菜有两大特色，主营是炖菜。从外面一进门，先看到的，是屋檐下一排排的大铁锅，锅里都冒着热气。有排骨、笨鸡、猪脆骨、大锅菜、大肠、羊杂、大马哈鱼、鲤鱼、白鲢、草鱼等，那奇香，让人从进门起就觉得胃里有一只小爪子要探出来。第二个特色是熏肉，在厨房外的明档里，有熏野兔子、熏鸽子、熏狗肉、熏羊排、熏肘子、熏猪蹄子、熏猪尾巴等。这两大特色菜，还都是现成的，你只要点上，一会儿就能上桌。当然了，一些时令蔬菜，也是应有尽有。还有一绝，就是这里的包子，全城无二。包子的面发得极好，还皮薄馅大。凡是肉包，那肉都是骰子大的五花肉块，让爱吃肉的吃得特过瘾。素包不知用什么配方调的，也相当鲜美。有这样的菜和老板娘，这馆子，想不红火都不行。有人甚至给她算过一笔账，她这个馆子虽然小，却比很多大馆子的效益要好。别的不说，单说这座城市里有二星级到五星级酒店十几家，几乎一多半都是赔本赚吆喝，远不如老汤酒馆赚得结实。

有时我喝着酒，看着忙里忙外的老板娘，就想，她的丈夫应该是干什么的呢？她应该有个不错的丈夫。

夏天的一个晚上，我和刑警队的朋友老郝在老汤酒馆的大厅里喝酒。这天的人特别多，服务员像鱼一般在桌子之间的缝隙里来回穿梭，忙得脚不沾地。在大厅的中间，有十几个人，将两张桌子拼到了一起，吆五喝六地喝得很热闹。后来喝得热了，有几个人就脱了光膀子，露出了大面积的纹身。我心里顿时不舒服起来。我这个人不是特别的讲究，比如在大街上练摊，吃个烧烤什么的，光个膀子也不是个大事。但在室内，人家开着空调，还有这么多的女士在场，这就有些过分了。正这样想着，老板娘已经和他们开始交涉了，老板娘还是那么柔声细气的，劝这些大爷把衣服穿上。可这帮爷不听这一套，嗓门还挺大，就像要吵架的样子了。一个服务员赶紧跑了出去。片刻，一个身材魁梧的汉子就走了进来，那汉子穿了一身白色印浅蓝色花的唐装，脚上穿了一双圆口布鞋。汉子进来后平静地看了看这帮"膀爷"，凑近了，压低声音问：你们不知道这是谁开的店吗？几个"膀爷"忽然都哑了声，目光中有了怯意。一个年纪稍大点的说：对不起，汤哥，我们真的不知道，我们马上消失。随即各自拿了随身的物品，灰溜溜地走了。那汉子扫了扫大厅内的几十双眼睛，双手抱了抱拳道，对不住大家了，大家慢慢吃，一会儿每桌加一个菜。

我很惊奇，正想问我对面的老郝，老郝使了个眼色，端起酒杯碰了碰我面前的杯子说：咱喝酒。

那汉子用眼睛的余光看了我们一眼，转身走了出去。

这次临走的时候，老板娘说什么也不肯收钱，说是她老公交代的。我还想坚持付钱，老郝一把将我拉走了。

后来老郝私下里告诉我，这个老汤，就是"老汤酒馆"的老板。他原籍就是这里的，爷爷那一辈闯关东去了东北，他也是在东北长大的，后来这边生活条件好了，他就随父亲返乡回来了。年轻的时候，他一直在"道上"混，是一个团伙的"老大"，很有名气，虽然没有犯过大事儿，也几进几出过。老郝就曾经和他打过几次"交道"。后来，老汤结了婚有了儿子，忽然就大彻大悟了般，金盆洗手了，开始从事餐饮行业。开始的时候，他拣大的干，开了几个大酒楼都干赔了，后来，经过餐饮业的高人指点，才开了这家老汤酒馆，由他的妻子操持着，他每天只是和几个朋友喝茶、搓麻将。很多人都以为这老汤酒馆中的"老汤"二字，是取意炖菜中加了"老汤"之意，并不知道和老汤这个人有关。

我对老汤肃然起敬，不但是因为他的浪子回头，还为他最终有这么好的女人和儿子。在"道上"混过的人，有这么好结局的，不多见。

最近，我要出一趟远门，去南方参加一个文学笔会。几个文友便张罗着为我摆酒饯行。这几年的日子，真是好得不得了，人们便找出各种各样的理由和借口来喝酒。当然，实在没有理由和借口的时候，制造借口和理由也得喝。若有朋友出远门，大家一块儿送送行，回来时再接接风，是再好不过的喝酒由头了。

朋友让我选地方，我理所当然地选择了老汤酒馆。

我们去的时候，单间已经爆满，大厅里还仅有两三张桌子了。老板娘微笑着把我们领到一张靠墙的桌子坐下。这天是诗人李庄请客，作陪的有评论家兼诗人书恺，搞印刷的文学爱好者孟"没准"，小说家徐永，还有徐永的第六任婚外女朋友祖衣羊。气氛很热闹，大家也都比平时厚道了许多。一向反对浪费的李庄说今天可以随便点菜，不搞荤素搭配了，拣着好的上。从不喝酒的徐永破例喝了一杯烈性白酒，孟"没准"一反常态，仅仅迟到了40分钟，菜刚上全他就来了，进门就主动自罚了一杯。按照当地规矩，共同的"六六大顺酒"喝完后，开始各自捉对"厮杀"。祖衣羊因为最近徐永老给她提分手的事儿，心烦，就主动出击，东拼西杀，很快就喝多了。她抱着徐永的脖子，一边在他的胖脸上亲着，一边反复表白说她和徐永没有什么乱七八糟的关系，只是"纯洁的友谊"。大家都很开心，酒喝得热闹，菜下得也挺快的。后来，我提议上一个汤菜，经过大家讨论，一致同意上个酸辣汤，醒醒酒。

祖衣羊的醉态越来越浓，不顾大家的奉劝，端起一杯白酒，趔趔趄趄地来到我面前，非要和我来个交杯酒，我虽有此意，但觉得这样做对徐永不太友好，就在她的频频进攻中不断往后躲，忽觉右肩一热，顿时火辣辣地痛起来。回头一看，好家伙，一盆酸辣汤，有半盆洒在了我洁白的衬衣上。送汤的是一个身材瘦削的小伙子，戴着一副眼镜，文质彬彬的样子。他慌忙将汤盆放下，拿起一条毛巾就给我擦，一边擦一边说：对不起了叔叔，我不知道你要动……我本来是要发火的，但一看到他还是个大孩子，就想起了在家里养尊处优的儿子。我阻止了他，事实上他手里的毛巾擦在我的白衬衣上，只能越擦越脏。我说，你今后要小心点，要是遇上个脾气不好的，会抽你的。小伙子连连点头，最后，弯着腰附在我耳边说：叔叔，求你千万别告诉老板，会被扣工钱的。

快要上饭的时候，老板娘端着一盘猪头肉拌黄瓜放在我们桌子上，笑吟吟地说：加个菜，你们慢慢喝。与我对视的时候，看到了我身上的油渍，惊道：哟！怎么回事？我说，没事，喝多了，不小心。老板娘左右环顾了一下，问：不会是新来的小朱吧？这是个大学生，毛手毛脚的。大家一致摆手：不是不是。我看到，那个小伙子站在门口，怯怯地看着这边，脸涨得通红。

散场的时候，都有些醉意。那个小伙子，哦，就是大学生小朱，替我提着打包拿回家的几个大包子，送我到门口，并帮我打开车门。我坐进去后，他并没有马上把车门关上，而是弯下腰，脸上带着几分拘谨和羞涩，小声说：谢谢叔叔。

回家的路上，我想，现在的小年轻，像小朱这么有礼貌和懂感恩的人，已经不多了。

第二天早起，照例围着长河公园的大湖转了两圈，然后洗澡、吃早饭。我是下午4点的飞机，时间还挺宽裕。饭后，我准备到办公室和同事们道个别，然后直接赴机场。出门时，习惯性地到床头上拿手机，手机却不在。又翻了一下皮包，包里也没有，心想：坏了，肯定是昨天晚上又落在酒馆里了。我的皮包、手机落在酒馆里不下十次了，有时能找回来，这多半是在比较熟的酒馆里。而在陌生的酒馆丢了，基本就不抱希望了。于是，我开车直奔老汤酒馆。

不卖早餐的酒店，一般早晨开门都比较晚。我一边往那儿奔着一边担心那里开不了门。还好，远远就看到老汤酒馆的大门已经打开了。我穿过院子，直接奔大厅，一进门，我就觉得气氛不太对。空荡荡的大厅里，只有三个人。老汤和老板娘各坐在一把餐椅上，脸色都不太好看。而那个叫小朱的大学生，站在他们面前，耷拉着头，嘴里正小声嘟囔着什么，像是对着上帝忏悔的信徒。见我进来，三个人都愣了一下，将目光一起对准了我，像看待一个非法入侵者。我明白自己来得不是时候，现在是上午9点30分左右，离中午就餐还有两个多小时，这个时间，食客是不该出现在这里的。我正想退出去，老板娘恍然大悟般"噢"了一下说：手机——是吧？您手机落这里了吧？一句话把我从尴尬中解放出来，我连连点头：对对，对，我昨晚把手机落到这了，啊哈，喝多了，不好意思。老板娘从吧台的抽屉里拿出了一部手机，边递到我手里边问：是这个吧？我说，是的，是的，你们忙吧，告辞了！

我正想出门，那个小朱忽然跪在了地上，哽咽着说：叔！姨！求求你了，饶了我吧，我就剩最后一关了，让我打完这一关，你们要怎样都行！

老汤顺手从桌子上端过一碗隔夜的茶水，一下泼在小朱的脸上，骂道：人渣！还大学生呢？为了玩个杀人游戏就干这种下作事儿……

小朱用手背擦了擦脸上的水，慢慢地直起了腰，他转过头来看我，脸已经涨得通红。

见小朱看我，老汤和老板娘也都眼睛直直地盯着我看，四道直直的目光像四根棍，要撵我出去。我赶紧说：哦，我走了，你们忙着！

我逃也似的走出了酒馆的大厅，直奔大门口。老板娘却不声不响地跟在后面，将我送了出来。我拉开车门，又向老板娘道了别后，随口问道：不是为昨天晚上的事吧？老板娘蹙了蹙眉，她这一蹙眉还真不那么好看了。老板娘说：这孩子，毛手毛脚倒不算什么，昨晚打烊后，竟乘我上洗手间的工夫，在抽屉里拿了100元钱。我吃了一惊，脑海里闪现出那张羞涩、拘谨的面孔。我有些不相信，急火火地问：真的吗？有没有证据？这句话说完我就后悔了，我算什么？竟无形中成了小朱的辩护人。老板娘稍显意外地瞟了我一眼说：还要什么证据？今儿一早，我家老汤在监控里一找就出来了。我仍然心有不甘，又问：他是不是有什么急事用钱呀？老板娘苦笑了一声说：先生，您真是个好人，总把人使劲往好处里想，他拿了钱在网吧里玩了一宿杀人游戏，刚才我们审他，他说是剩最后一关了，今晚上还想去，不玩完了受不了。

我忽然感觉无比沮丧，在心底重重地叹了口气，轻声说：他还是个孩子，别太难为他了。

老板娘说：放心吧，教训一通，打发他走就是了。

我再也没有了去单位和同事们告别的兴致，好在出发用的东西全在车上，就驱车直奔机场而去。

这次文学笔会有些操蛋。其实很多会议都是些扯淡的事儿，没有什么实际意义，但偏偏就有些人整天往返于这些会议中乐此不疲。我绝对没有贬低谁的意思，人和人是不一样的，每个人都有每个人的活法，你整天忙得要死，就不兴人家自己找点事干？对于会议的失望我早有心理准备，我只是碍于一个老友的盛情邀请，才抱着换换空气的想法去的。

回来的时候，我没有坐飞机，而是坐火车和汽车，沿途迂回走访了几个文友，这来来回回的，就用去了20多天。

我先到机场，把存在那里的车开回来。好家伙，光存车费就600多。晚上11点到家，放下行李之后就觉浑身像散了架，简单洗了个澡，然后倒头就睡。这一觉睡得真香，一直睡到第二天中午才起床。

吃了午饭，打开手机，见有很多未接电话的信息，最多的一个是书恺，打了五遍。

我将电话打回去，书恺一通埋怨：回来了也不开机，中午想给你接风呢。我笑笑说：关机就为了躲着你们，想歇歇呢。

书恺立马切断了电话。

我想坏了，书恺这家伙性子刚烈，是不是得罪他了。再给他打回去，占线，又打了两遍，还是占，就罢了，得罪就得罪了吧。

不想，一会儿书恺就把电话打回来了，书恺说：我刚才和李庄徐永打过电话了，晚上给你接风，徐永请客！

哦，闹了半天，刚才这家伙急火火地挂了电话，是联系酒友去了。

我问：去哪里？

书恺说：去"五境茶楼"吧，徐永刚开的，可以先喝喝茶，再上菜喝酒。

晚上六点半，我准时来到位于文化路东首的"五境茶楼"，进了雅间，才发现人大都到齐了，除了孟"没准"还没来，给我送行的原班人马都在，只是，徐永的女友已经易人。

徐永先给我上了一杯黑茶，说是给我"刮刮油"，一会儿多吃点儿。

品着茶，我给他们聊着这次出去开会的一些见闻，聊得正开心，菜一道道地上来了，于是开始喝酒。酒是古贝春的"内招"，酒质是没的说。只是这菜实在不敢恭维，凉菜热菜都咸咸的，像是砸死了卖盐的。但人家是好心请我，不能说三道四的，显得不厚道。

可是，书恺受不了了，书恺今年四十有七，头发已经脱去了三分之二，他一直认为脱发与吃盐多有关。所以，他先发话了，这菜快能齁死人了，有法吃吗？再吃，头发就掉光了！

李庄说，是有点儿咸，不想让我们吃还是怎么着？

看徐永有些尴尬，我忙打圆场说，徐永：你想把这个餐饮弄好，应该多去老汤酒馆学习，人家那个菜，个顶个的好吃。

徐永脸色一暗，说：你去吧，老板娘正在那边想你呢。

书恺说：那个酒馆关门了，对了，你还不知道吧？

我预感到事情有异，就问：怎么了？

出大事了！就是上次洒你一身汤的那个小帅哥，他拿把刀，把老汤一家三口全捅了！

我"噌"地站了起来！见大家都看我，就无力地坐下了。是呀，有我什么事儿，犯得上这么激动吗？

大家你一言我一语，我就听了个大概。那个小朱偷了酒馆的100元钱去上网，被发现后，虽然苦苦哀求，但老汤还是把他交到了派出所。小朱被拘留了七天，释放出来的当天，就买了一把尖刀，晚上潜入老汤酒馆，把他们一家三口都捅死了。

我除了对老汤一家三口的不幸感到惋惜之外，还感觉这件事非常的费解：以老汤的出身、经历、背景和体格，对付那个文弱的大学生，应该以一当十也不在话下，怎么就被人夺了命还搭上了老婆孩子？老板娘那迷人的微笑，真的从此就在这个世上永远消失了？

这一晚上的酒，喝得有些无味。

第二天下午，我打电话约了刑警队的老郝喝酒。

当然，老汤酒馆是去不成了，我们改在了一个农家饭庄。

第一杯酒下肚后，我刚把话题引到老汤酒馆的事上，老郝就指着我的鼻子说：你们当作家的，没有一个地道货，每次请我喝酒，都是想从我这里掏点儿东西。

我赶紧又敬了一杯酒，没办法，咱是吃这碗饭的，巧妇难为无米之炊呀。

老郝一口将酒干了，摇了摇头说：这次你肯定会失望了，没什么意思，一点儿意思也没有。

老郝嗜酒，这也是他干了一辈子警察一直没有被提拔的原因。老郝酒喝不好，是不会和你交心的，当然，嘴里说的也肯定不是实话。一瓶"古贝春"见了底后，我又打开了一瓶高度"古贝元"，一杯接一杯地敬他。老郝是来者不拒，敬一杯喝一杯，这也是他多年形成的喝酒风格。

一瓶"古贝元"快要干了时，老郝的舌头已经大了，他用混浊不堪的眼神直勾勾地盯着我说：给你说……作家……老汤酒馆的事儿……真没什么意思，一点儿也不像传说中的……的那么什么……老汤、老汤太、太、太没用了，他、他老婆儿子是、是、是为了救他……才死的……

接下来，再怎么问，他就是反反复复、断断续续的这几句话了。我甚感无趣，就要送他回家。老郝却不愿走，非要弄两瓶啤酒"冲冲"。见我不情愿，他从随身的皮包里掏索了半天，掏出了一个U盘递给我。我刚想接过来，他却一下抽了回去，动作快得让人怀疑他是不是真的喝醉了。他说：上酒，上、上、上啤酒。

我对服务员说：来两瓶啤酒。

老郝这才将U盘交到我的手里，斜着一双红眼珠子看着我说：告——诉你——千万、千万别外传！这是从、从监控——录、录像里复制出来的……资料……

第二天一早，我刚从睡梦中醒来，就接到老郝的电话，他已经找上门来，向我追要他的U盘。我想，幸亏，昨天晚上我已经全部复制到我的电脑上了。

我揉着眼睛打开门，见老郝精神抖擞地站在门外，全然没有了昨天晚上醉酒后的颓废之态。这让我对他又刮目相看了几分，人家干刑警的，身体素质就是好。

我将U盘递给他，客气地问：还进来坐坐吗？

老郝问：你刚起床？U盘里的东西看了吗？

我打了个哈欠说：昨晚我们都喝高了，回来就睡了，今早上还没醒，就被你吵醒了，哪有工夫看？

老郝狐疑地盯了我大约三秒，转身走了。

我按了一下电脑开机按钮，在电脑开机的过程中，匆匆刷了牙，洗了把脸。

我打开了从老郝的U盘中拷下来的文件夹。里面内容很多，大多数是照片，几乎全是在娱乐场所偷拍的。还有几个视频，前面几个，都是突击检查洗浴中心时的录像，上面有很多裸露的镜头，怪不得老郝一大早就找上门来讨要，真的有些秘密。

最后一个视频，我首先看到了小朱，虽然有些模糊，但他那瘦削的身材和脸上的眼镜，使我一眼就认出了他。小朱比上次我见他时更加消瘦了，头发也很乱，他拿着一把一尺多长的尖刀，昏暗的视频中，那把刀却显得那么白，雪白，闪着阴森森的光。

小朱进入的房间，应该是老汤一家的卧室。老板娘离门口最近，也最先发现了他，她站起来，想过来挡他，他却抢先一步，绕过了老板娘，来到了床前，老汤正在床前坐着，手里拿着把剪刀，好像在修脚。小朱冲过去后，老汤扔下手里的剪刀，投降般举起双手，冲他连连摆手。小朱冲到他面前，冲他的前胸就刺了一刀！这时，老板娘冲过来，大喊大叫着抱住了小朱持刀的右臂，小朱几下就挣脱了，然后冲老板娘的腹部捅了一刀！小朱再转过身时，老汤的儿子忽然冲过来，挡在了老汤的身前，小朱用手将他拨到一边，他却再次将身体挡在他父亲的身前。小朱用力拽他，没拽动，就挥刀刺了过去！老汤的儿子双手捂住胸前汩汩流血的伤口，慢慢地滑落在床前的地板上。老汤还坐在床边上，像傻了般，一动也没动，小朱再次挥刀，向老汤连连刺了五六刀，直到老汤贴着床沿滑下来，才将刀扔在地上，然后转过身，不紧不慢地走向门口，从表情上看，他没有任何的惊慌和恐惧，倒像是卸下了一个沉重的包袱般，一脸的轻松和惬意。他走到监控看不到的地方，消失了……

这段视频，我接连看了三遍，仍然看不懂。

这世界，这社会，这人，真的是让人搞不懂呀。

不懂。

屠蛇记

　　我的家乡鲁西北，方圆数百里全是平原，没有高山密林，野生动物也很少。在一些距村庄较远的土岗子上，有少数的黄鼬、狐狸和獾，但因为它们白天伏在洞穴里不出来，很少有人见到过。人们最常见到的野物是蛇和野兔。人们喜欢野兔，因此它常常成为人们的盘中之物。人们最害怕的是蛇，据我所知，怕蛇是北方人的通病。北方平原上的蛇大多是没有毒性的，也很少咬人。我从出生到离开生养我的村庄，前后20多年的时间，还没有听说有人被蛇咬过。人们之所以怕它，除了它的样子比较瘆人外，大多来自一些可怕的传说。

　　那时村子里还没有通电，很多人还不知道电视是什么玩意儿。晚饭后，大多数人是熄灯上床，这样省灯油。没结婚的小伙子是不肯这么早就睡觉的，他们精力旺盛，躺下也睡不着。那时，他们晚上的大多数时间是凑到老光棍黑六子家去玩。他们除了偶尔打打扑克，主要是听黑六子"啦呱"，当然是荤的素的都有。我们一些七八岁的小孩子，也往往跟着自家的哥哥或叔叔，去凑个热闹。很多关于鬼和蛇的故事，我都是从黑六子的破旧屋子里听到的。我们每天晚上都听得心惊肉跳，迟迟不敢回家，直到各家大人来门口喊，才敢出那间被烟熏得黢黑的土屋子。跟在大人屁股后面回家后，往往又是彻夜难眠。即使睡着了，也常被关于蛇和鬼的噩梦惊醒，便后悔去了黑六子那里，下决心以后再也不去了。待到了晚上，仍然忍受不住故事的诱惑，不由自主地往黑六子家蹭去。越听，就越怕，越怕，就越想听。怪了。

那时，我既怕鬼，也怕蛇。鬼是我从来没见过的东西，所以怕得不太具体。但蛇却是经常能见到的动物，因此就更怕。关于蛇的传说，有很多版本。诸如蛇变成人把人引到荒郊野外吃掉啦，变成美女嫁给人了等等。最常听的一种版本是：一个人杀了一条蛇，用刀将蛇剁成了三段，随手扔在路旁。到了晚上，蛇慢慢地将三段身体连接上了，并且准确地找到了那个杀它的人，将他勒死在了睡梦中。于是，每天晚上睡觉前，我总把自己的炕铺被褥仔细检查一遍，唯恐有蛇藏在里面。

我族里的一个哥哥，还讲过一个他的亲身经历：那一天，是傍晚，他从地里收工回来，忽然听到背后有"嗞嗞"的声音，回头一看，天！一条三尺多长的红花蛇正贴着地皮向他飘来！吓得他赶紧撒腿往村子里跑！那条蛇在背后紧迫不舍，"嗞嗞"的声音一直在他的背后追随着他。他吓得魂飞魄散，没命地跑，但始终不能将那条蛇摆脱。直到他进了村，那条蛇才放弃了他，钻入了路边的玉米地里。他讲这个故事的时候，是在黑六子的家里。黑六子听完后，吸了一下鼻子，用肯定的语气说，那是条疯长虫！有毒！被它咬了绝死无救。那时，黑六子的话就是真理，我们都信。尽管大人们都瞧不起黑六子，因为他总觉得比谁都能，到头来却连媳妇也找不上。

因为听常了蛇的故事，我对蛇就有了一种无边的恐惧，老是担心会遇上蛇。生长在农村，想不见到蛇几乎是不可能的。田头沟边，房前屋后，随时都有蛇出现的可能。尤其是大雨来临之前，很多蛇都会横穿道路，在土路上留下一道道的蛇行印儿，人们叫作"长虫过道"。一有"长虫过道"，人们就知道要下雨了，无论在田里劳作的人，还是出门在外的人，都加快了回家的步伐。蛇有时还会进入到院子，甚至屋里。有一次，我看到自家土屋的檩条上盘着一条小蛇，吓得要死。虽然后来它自己爬走了，但却在我的心里作下了病。那几个月里，每天晚上睡觉时，我都把头蒙得严严实实，担心有蛇从檩条上掉下来，勒住我的脖子。

我10岁那年的夏天，是个上午，我背着筐去挖野菜。因为村里家家户户养着猪，每家都有人挖野菜，村子周围的野菜早就被人挖光了，所以要到离村子远一些的地方去挖。村子西边约五里的地方，有一大片咸碱地，不长庄稼，就做了坟地。这里虽然不长庄稼，却是盛产野菜的好地方，各种各样的野菜一撮一撮地分布在坟与坟的空隙里。尤其是坟的半腰上，野菜又多又大，且颜色墨绿，带着营养丰富的劲头儿。这个地方离村子很远，往回背菜是很辛苦的，所以不常有人来。我在这里很快就挖满了一筐野菜，有马生菜、灰灰菜、篷篷菜、猪耳朵、趴箍墩、野苜蓿等。我砍了几根草滕子，将这些野菜仔细地捆好，结结实实地打好筐，用绳杀紧，准备歇一下就走。这时，天已近中午，日头很毒。我坐在一棵白杨树的荫凉下，一边休息一边用树枝逗着"米羊"玩。我把树枝放在米羊前面，引它爬上来，待它快爬到顶时，我再把树枝倒过来，可怜的小家伙一看下面无路可走，只好再爬上来，如此反反复复……正玩得投入，一声干涩的鸣叫使我回过神来。这是什么叫呢？我还从来没听到过这种叫声。我惊慌地抬眼四望，周围只有静静的庄稼和小山似的坟头一个挨着一个，除了我之外，目光所及之处没有一个人影。我有些害怕地站了起来，并随手抄起了身旁的镰刀。这时，那个奇怪的叫声又出现了，它空旷、干涩，像被阳光吸干了水分。在这无人的、寂静的田野里，说不出的神秘和恐怖。难道是鬼？我紧张地循着声音四下里寻找，见不远处一座老坟旁的死榆树上，孤单单地落着一只老鸹。难道声音是它的？"呱呱"，那个声音又响了起来，离我很近，就在我的脚下。我提心吊胆地低头一看，顿时长长地松了一口气。是一只小小的青蛙，只有大枣那么大。原来青蛙还有这种怪叫声呀。我蹲下来，想逗它玩玩，然后再找根空心的草茎，插入它的腹内，把它的肚子吹大，看它笨歪歪走路的样子。这是我们经常做的恶作剧。但青蛙好像无瑕理会我，自顾慢慢地往前一跳一跳地，每一下都只跳出它的半个身子那么远，是那么的勉强和不情愿。每次跳起落下后却又将两个前趾伸到身前，用力向前撑着，像在拒绝着什么。我摆弄过很多青蛙，还没见过这么奇怪的。我忽然觉得后背一阵发凉，头发都要竖起来了。我紧张得四处观望，终于发现了那条蛇。

这是一条足有五尺长的青花蛇，有擀面杖那么粗，它就在我身前不到两米的地方，高高地翘着三角形的脑袋，大张着嘴，长长的红信子吐出半尺多长，两只冷酷的小眼睛正虎视眈眈地盯着那只可怜的小青蛙。当时，我的第一反应是一边跳起来一边用左手拼命地揉搓头发。这是我每次见到蛇后必做的动作。跳起来是预防被蛇缠住脚，揉搓头发则是为了不让蛇数清我的头发。传说，蛇会数人的头发。蛇在受到人的冒犯或袭击后，会在瞬间将人的头发数量点清，到晚上再去找这个人。找到后，蛇要再数一遍这个人头发的数量以验明正身，然后再用它柔韧有力的身躯将人"蛇之以法"。那是我有限的经历中见过的最大的一条蛇。我跳过了，也揉搓过头发了，忽然想到这一切都是徒劳的。因为刚才我在这里已经坐了很久，蛇也在这里待了很久了，它一定是早将我的头发数清楚了，我完了。我绝望了，死亡的阴影像一团乌云笼罩在我的头上。我呆呆地站在那里，忘记了逃跑，忘记了呼救。这时，那只小青蛙已经快蹦到大蛇的口边了，惊恐万分又茫然无措的我，忽然意识到了右手握着的镰刀，我发疯一般将它挥了起来。也许，是巨大的恐惧和绝望给了我超常的力量；也许，是我还很幼稚的思维以为自己必死无疑了，要做最后的垂死挣扎。我的动作疯狂、杂乱、迅速而有力，我将镰刀舞动得"忽忽"生风，锋利的刀刃不断落在蛇身上，瞬间将那条大蛇砍成了七八截。蛇死了，它的尸体散落在白花花的咸碱地上，有两截还在慢慢蠕动着。我已经汗如雨下，在一片浓重的血腥气息中，瘫在了地上，心还"嘣嘣"跳得山响。

我歇了片刻后，又想起了那个蛇能自己将身子重新连接起来的传说，心里更加害怕了，甚至后悔刚才杀了它。也许，我悄悄地走开，不去招惹它，它吃了青蛙后会放过我的。但现在这么想已经晚了，大错已经铸成，只能听天由命了。我站起来，感觉右腿有些痛。用手一摸，摸了一手的血。刚才杀蛇时，不小心砍中了自己的右腿，裤子已被血水浸透了。我强忍住痛，在草丛中找了一棵叶边缘带齿的"青青菜"，然后放在嘴里嚼烂，敷在了伤口上。在我们那一带，这是连3岁的小孩也知道的止血法，很灵。不一会儿，血止住了。我开始思考怎么解决蛇的问题。起初，我想把它扔到水里，但我经常在附近的河里游泳，如果把它扔进去，以后天再热我也不敢下水了。埋了它？它本来就是在土洞里生活的，在地下会不会更快地活过来？

　　我全身已经没有一丝丝力气，绵软地靠在一棵大树上，用求救的目光遥望着远处的村庄。我想去村子里找黑六子，他肯定会有办法的。但我又担心等黑六子赶到，蛇已经像某些传说中那样不见了。我不敢离开这里，我只盼望着有人能从这里路过，帮我看着这条死蛇。此时，已经中午了，家家户户的房顶上都飘着袅袅的炊烟，使整个村子都笼罩在炊烟中了。我忽然从炊烟中得到了启发。我开始抓紧捡地上的干草和枯枝，这是随处可见的东西，很容易就捡了一大堆。我掏出随身携带的火柴（那时农村的儿童都爱偷偷带火柴，以便于在田野里烧吃蚂蚱、玉米等），先将干草点着，再放上了枯枝。火很快就旺起来了，我用镰刀挑着，将蛇一段段地投入了火中。不一会儿，一股奇异的香味儿就在周围弥漫开来。我长出了一口气，自言自语地说：这回我看你再怎么连再怎么接……我的肠胃竟然莫名其妙地"咕噜"了一声。我吓了一跳，难道我竟然想……想吃蛇的肉？我一阵恶心，干呕了两声后，早上吃的红薯饭全喷了出来！

　　我很快将胃肠吐得干干净净。这时，火势也弱了下来。我一只手捂住鼻子，用镰刀拨拉了一下火堆，见蛇段已被烧成了又短又细的黑焦炭。我仔细地瞅了瞅，判断它是否还可以自己连接起来。忽然，我觉得头顶上有一阵风掠过，忙直起腰，见是只老鸹在火堆上方盘旋。见我直起腰，老鸹不甘心地重新落在那棵干枯的榆树上，冲我"呱呱"地叫了两声。

我装模作样地走向村子的方向。我没有背那筐野菜，因为我还得回来。我走出大约二里路后，又悄悄地返了回来。隔老远，我就看见三四只老鸹在已经熄灭的火堆里啄食着什么。我学着电影里侦察员的样子趴在地上，耐心地等待着。一只米羊爬到了我的脖子上，痒得我想笑，我想，这是不是刚才爬树枝的那个小家伙来报复我了？

我最终背着那筐野菜回家时，天已经快黑了。我一直等到那几只老鸹离开，又把火堆仔仔细细地查看了一遍，确信已经没有一段蛇肉时，才放心地离开。

那天晚上我没有做噩梦。奇怪，从那天起，我再也没做过关于蛇的噩梦。也许，那把火，把我对蛇无边的恐惧也烧成了灰吧。

秘方

1

蛇医纪坤背负药篓，手提药箱踏入丁镇的那天，正是个难得的好天气。藏匿多天的日头拱破淡淡的云层，将金黄色的光亮均匀地洒在焕然一新的镇街上。形形色色的人在街道上走动着，透一口新鲜空气，晾晒着身上积了多日的霉潮之气。

纪坤迈着稳健的步子来到丁镇最繁华的十字街口，轻轻放下药箱和背篓，在一棵洋槐树下摆开一个八仙桌般大小的地摊。

纪坤就近在小饭摊上吃了两个火烧，喝了一碗豆浆，脸上的疲惫之色减轻了几分。他从药箱里取出几粒像牛眼大小的、乌黑的药丸，整整齐齐地摆在摊布上。然后，他又取出一面红布幌子，挂在洋槐树的枝杈上，幌子上书几个颇刚劲的柳体大字：纪氏蛇药。

一袋烟的光景，纪坤的地摊周围就蹲满了人。他站在摊子后的蛇篓与药箱之间，微低着头，期待的眸子中充满着自信。

纪坤是先看到移近的两只穿着旧皮鞋的脚，顺着脚看上去才看清了那人。那人歪戴着一顶旧礼帽，帽檐下是一张猴子屁股似的红脸，刀削般瘦。他大模大样地走到纪坤的地摊前，用脚踢了踢摊布问："喂，卖药的，知道占的谁的地盘儿吗？"

纪坤漠然地盯着他的瘦红脸，微微摇了摇头。

瘦红脸霎时罩上了一层黑气。他用双手轮换着挽了挽袖子，然后将袖子撸到腋窝处，露出赤裸裸的一双细胳膊。他做这些动作的过程中，双眼挑衅地盯着纪坤。见纪坤毫无反应，他犹如离了水的大虾般挥舞着两条细胳膊，尖声叫道："这地块儿全是老子的！快把地皮钱交上来！"

纪坤冷冷地说："我自家的肚子尚填不饱，哪有闲钱孝敬你！"

瘦红脸便弯下腰，抓住摊布的一角，歪着头问："交不交？不交本大爷这就给你行行规矩。"

纪坤不说话，他以极快捷的速度掀开背篓的盖子，探手入内，抓出一条尺把长的红花蛇，随手扔在摊布上。那蛇好似精通人性，落地后即前身立起，吐着鲜红的信子向瘦红脸扑去！"呀——"瘦红脸怪叫一声，跳了个高儿，然后仓皇后退了几步，红脸霎时血色褪尽，变作惨白脸了。

纪坤不失时机地一伸手，抓住蛇的尾巴，将它扔回蛇篓，然后轻松地将摊布重新拽平，把瘦红脸弄乱的蛇药重新摆放整齐。

瘦红脸缓过神来，红着眼睛又冲上前来。纪坤不慌不忙地又从背篓内拽出一条蛇。刚冲到摊布前的瘦红脸便"嗖"的一声退回到围观的人丛中，引来了一片哄笑声。瘦红脸站在人丛中，不必再担心蛇的威胁，便又尖着嗓子吼道："小子！甭跟大爷对着干，咱走着瞧！"

人越聚越多了。有几个蹲在摊前，仔细地瞅着摊布上的蛇药，不时地询问着，纪坤不厌其烦地给他们解释着。

当有人正想掏钱买药时，缩在人群后的瘦红脸忽然尖叫道："大家别信他的，这小子是个骗子！大爷用过他的药，差点儿要了我的老命……"

掏出钱来的几个人便疑疑惑惑地看着纪坤，又看看地摊上的蛇药，把钱放回了怀中。

瘦红脸幸灾乐祸地吹起了口哨。

纪坤冷冷地笑了笑，"刷"的一声将左臂上的袖子撸上去，露出一条疤痕累累的胳膊来。他将右手探入背篓内，拽出一条土灰色的秃尾巴蛇。

"地皮蛇！"

"蝮蛇！"

"毒蛇！"

人群哗然，人们纷纷叫出这条蛇的几种名称，并都后退了几步。

纪坤猛将蛇放在裸露的左臂上。蛇恶狠狠地在上面叮了一口！

"啊……"众人不约而同地惊呼了一声。

不消片刻，纪坤左臂上的伤口便肿起来，并逐渐发黑，在日头下闪着乌溜溜的光。

人群静下来，过往的行人也纷纷聚过来，圈子越来越大了。瘦红脸那黄黄的眼珠也看得发直。

纪坤从药箱内取出一把银亮的牛耳尖刀，轻轻割开黑肿的伤口，便有一股黑黑的脓血流下来。纪坤用右手的食指和大拇指在伤口周围捏了一圈，将脓血挤尽。然后，他从摊布上拿起一颗草绿色的药丸放在一只小巧的银碗里，又从腰间取下水壶，往碗内倒了几滴水，并用手将药丸子捏成扁状，小心地敷在了伤口上。纪坤不慌不忙地做完这些，将左臂微微举起，展现在人们的面前。

人们都静静观望着，明朗的阳光使他们都眯起了双眼。

在众目睽睽之下，纪坤左臂上的肿块在一点一点地缩小，最后终于与其他部位相平了。伤口处只留下了两排细小的牙印，肤色红润适中，与其他部位无异。

寂静的场面于突然之间被打破，人群激动起来，纪坤周围的圈子越缩越小，有人争着察看纪坤的伤口，有人急切地询问蛇药的价格，瘦红脸乘人不注意，悄悄溜走了。

纪坤脸上平静如水，毫无得意之色。洋槐树上的红布幌子随风"扑啦啦"抖动起来，"纪氏蛇药"几个大字晃着人们的眼睛。

2

丁镇是一座三面环山、一面靠水的古镇。山里草木茂密，虽没有虎豹豺狼，毒蛇却极多。千百年来，丁镇的几千户居民几乎家家户户都曾有人丧生蛇口。人们虽绞尽脑汁研究治疗蛇伤的良药，却一直未能遂愿，居民们便只能以防为主。而毒蛇这种东西是令人防不胜防的。人们在山间的小路上行走，尽管小心翼翼，仍难免被草丛中或石缝里突射而出的毒蛇咬伤。有些胆大妄为的毒蛇还游进村子里，分布在墙洞和臭水沟里，有的竟钻进人的被窝，使丁镇的人们至今还保留着临睡前抖被子的习惯。人们只要被蛇咬了，非死即残。若咬在上身的某个部位，如头部、胸部，那就只能等死，毫无幸免的可能。若咬在胳膊或腿上，则及时用布条勒紧伤口以上的部位然后拼命往外挤压毒汁，如不见效，就得截肢，落个终生残废。也有一些人被蛇咬了胳膊不愿往下截，想侥幸混过生死关，而最终却只能落个命丧黄泉的结果。因为这些缘由，纪坤进入丁镇不到三天，就惊动了整个镇子，所带的药很快便被抢购一空。纪坤不但所携的蛇药极为灵验，对治疗蛇伤更有一套精湛的技艺。他既能通过伤口的症状看出蛇的种类，又能根据伤口牙印的深浅推断出行凶者是公蛇还是母蛇，是出洞蛇还是进洞蛇。这些技艺折服了丁镇的所有居民，一时间人们几乎把纪坤奉为神明。后来的几天里，纪坤每天都下午进山采药，晚上配制，第二天上午拿到十字街去卖。一个晚上配制的蛇药，往往半个时辰便被抢购一空。

3

纪坤是卖完药后回客店时再次邂逅瘦红脸的。

瘦红脸是丁镇的首富霍云通的管家，平日里是个没人敢惹的茬儿。但今天的瘦红脸一改前几天的蛮横，远远地看到纪坤后，抢先几步一揖到地，然后将笑堆满在猴子屁股般的脸上说："纪先生，您今天可要发财了！我奉霍老爷之命，在此恭候您多时了。"

纪坤颇感意外地打量了一下瘦红脸："我与霍老爷素不相识。"

"可我们霍老爷久闻您的大名，想请您到府上喝杯茶。"

"萍水相逢，还是不必叨扰了……"

"哎，我说纪先生，霍老爷吩咐小人的事，如请您不到，小人可吃罪不起，还请纪先生赏光。"

纪坤犹豫了片刻，便跟在瘦红脸身后，走进了霍云通的深宅大院。

霍云通的祖上曾有人做过明朝知府，后因官场失利而辞职还乡，用为官时积攒下的金银做本，在丁镇大置田地，并开了一家"济生堂"药铺，家境日益发达起来。在以后的数百年间，霍家能人辈出，使家财与日俱增，一代比一代兴旺。到了霍云通这一辈上，因为连年灾荒，田地颗粒不收，又加之战火连绵，药铺生意也逐渐萧条了。霍云通眼见辈辈都有进展的家业在自己手里日渐衰败，不免终日郁郁寡欢，一直苦思冥想着兴家旺业的路子。

纪坤坐在霍府客厅的宾位上，和霍云通相互打量了片刻。霍云通身材颀长，脸颊瘦削，头顶光秃秃的一片不毛之地，额下一双与脸型很不协调的显得冷峻而机警的大眼珠。

客套话简短而迅速，霍云通很快将谈话切入了主题。

"耳闻纪先生医道精深，回天有术，来敝镇几日，便名满乾坤，霍某万分佩服，想与纪先生携手合作，共创蛇药大业，纪先生不会推辞吧？"

"霍老爷过奖了。在下医治蛇伤之术，不过雕虫小技，聊以糊口而已，合作一事，恕难从命。"

"纪先生，你虽胸怀绝技，谙熟秘方，但你没有资金，没有作坊，只能手搓石碾，产量有限，永远没有发家创业的可能。如果与在下合作，在下愿投入大量资金，置办作坊，我们大量生产蛇药，其收益一定比你叫卖街头强百倍有余。"

"霍老爷，实不相瞒，蛇药秘方，乃在下祖上所传，祖祖辈辈只为天下人消灾救命，无意发家创业，请霍老爷谅解。"

"纪先生就不必推诿了，如果你不想合作，在下愿出五千块大洋购买蛇药秘方……"

"霍老爷，请不必说了。先父临终前曾反复告诫于我，蛇药秘方，千金不换，更不能使之流入商界。告辞了！"

纪坤冲霍云通拱了拱手，大踏步走出了霍府。

4

出了霍府的大门，即是一条贯穿丁镇的东西街道。纪坤在街中心略停了停，辨别了一下方向，然后拐进右前方的一条窄窄的胡同中，穿过这条胡同，就是纪坤临时栖身的客栈。

胡同弯弯曲曲，时宽时窄，两边全是青砖垒成的高墙，墙根处爬满了青苔。纪坤的布鞋踏在青石铺成的路面上，几乎没有一丝声息。阳光被一些高大的建筑物挡在墙的另一边，小巷内显得十分幽暗。纪坤拐过一段狭长地段，转弯时，猛地愣住了。

前面两步之外，站着一个人。

纪坤愣了片刻，开口道："朋友，请方便一下，让我过去。"

对方是个30岁左右的黑脸汉子，戴一顶旧草帽，帽檐下一双精悍的眼睛不错眼珠地盯着纪坤。

"……让我过去。"纪坤又重复了一遍刚才的话。

"纪先生，"对方开口了，"请借一步说话。"说着，上前一把抓住纪坤的手腕，带着他顺胡同往前走去。纪坤身不由己地跟在他的后面。纪坤不明白自己是因拗不过对方超人的腕力还是迫于对方那种凌人的气势，竟然一言不发地任他拽着拐进胡同口的一扇小门里。

进屋后，黑脸汉子随手将门插死，然后示意纪坤在一张椅子上坐下。

沉默了一段时间后，黑脸汉子说出一番令纪坤瞠目结舌的话来。

"纪先生，请原谅我用这种方式把你请到这里。我对你的大名早有耳闻，知道你是一条汉子，所以我也不用隐瞒我的身份，我就是日本人悬赏捉拿的八路军游击队队长高呈祥。由于近期以来抗日工作进入艰难阶段，我们游击队不得不整日隐蔽在山里。不幸的是，我们经常有人被毒蛇咬伤，已有两名同志牺牲了，还有十几名同志危在旦夕，这次来找你，是希望你能进山。"

"高先生！"纪坤"霍"地站起来说："如果真如你所说，我纪坤愿效犬马之劳！你们八路军干的是驱逐日寇、拯救民族的大事业，我愿加入你们的行列！"

高呈祥双眼一亮，激动地抓住纪坤的双手说："纪先生果然深明大义，事不宜迟，咱们现在就走。"

"好！你在此稍候，我到客栈把行李取来。"高呈祥重重握了握纪坤的手："好，咱们不见不散！"

纪坤出门时，看到一个熟悉的影子在小巷的拐弯处闪了一下，就不见了。

瘦红脸？他想干什么？纪坤略微停了停，苦笑着摇了摇头。

5

纪坤前脚刚迈进客栈的门槛，迎面扑过来两个鬼子，他知道不好，正想转身，后腰也被人抱住了，然后就被两双毛茸茸的大手抓住了双臂。

纪坤拼命挣扎，却无济于事。

一个人站在他的面前，得意地问："纪先生，还认识我吗？"

纪坤"呸"地啐了他一脸唾沫。

纪坤被带到驻扎在丁镇东南角的日军宪兵司令部，瘦红脸连推带搡地将他带进一间十分洁净的屋子。屋子里坐着一个鬼子，50多岁的年纪，极瘦。

瘦红脸讪笑着对那个鬼子鞠了一个躬，然后对纪坤说："纪先生，您今天可是交了好运了，这位是滕野太君，这里的最高指挥官。"

滕野极和蔼地示意纪坤在他的写字台对面坐下，然后操一口很熟练的汉语说："纪先生，我名字叫滕野次郎，今天把你请到这儿来，是想和你商量一件事，我们所在的丁镇是毒蛇泛滥的地区，最近我的士兵在山上搜索游击队期间，经常被毒蛇咬伤，因此，我想聘请你做我们大日本皇军的随军医师。"

纪坤冷冷地道："太君，你恐怕找错了人了，我只是一个跑江湖卖野药的穷郎中，哪能担此重任。"

滕野鹰眸般的眼珠盯着纪坤沉默了片刻，然后说："纪先生，你的眼睛告诉我，你不太愿为我们大日本皇军效力。不过不要紧，我相信你最终会改变主意的。请问纪先生，你是愿意在大庭广众之下被活埋呢？还是愿意留下来享受我们随军医师的待遇呢？如果你选择后者的话，我会保证你的下半生享尽人间荣华富贵，等我们完成此地的使命撤离时，我会安排你一个舒适的位子，把你从一个卑贱的江湖艺人转变成一个万人羡慕的尊贵之人，你怎么选择呢？"

纪坤无语。

滕野接着说："纪先生，你们中国有句名言，叫作'识时务者为俊杰'，我们大日本皇军进入支那以来，势如破竹，所向披靡，不久之后，整个支那都是我们的天下。如果纪先生与我们合作，前途不可估量。"

瘦红脸在一边搭腔说："纪先生，你如果不识抬举，可甭想活着出这个宪兵司令部。"

纪坤"刷"地抬起头来，双目中射出两束愤怒的火炬。

"好，我答应你，"纪坤用很平稳的声调说，"不过，我有一个条件……"

滕野不动声色地问："条件？什么条件？"

纪坤一指瘦红脸说："把他处死！"

"哟希。"滕野沙哑着嗓子笑了，他对门口的两个鬼子使了个眼色，两个鬼子过来，架起瘦红脸就往外走。

瘦红脸吓得脸色苍白，不断地喊着："太君，太君，我是有功的呀！我有功呀……"

喊声越来越远了，直到一声枪响过后，四周才安静下来。

"你的，还有什么条件？"滕野微笑着问纪坤，嘴角露出一丝不易察觉的轻蔑。

纪坤略略沉吟了一下说："没什么条件了，不过，我的药早就卖完了，我需要一个安静的地方配药。"

"好吧！"滕野爽快地答应了，并意味深长地看了纪坤一眼。

纪坤走出屋门时，背后又传来滕野阴险的声音："纪先生，目前我很需要你高超的医术，为了避免你不辞而别，你的行李和蛇药的秘方，我必须代你暂时保管。"

一个鬼子过来，把纪坤全身上上下下里里外外全搜了个遍，什么都没有搜出来。

滕野走到纪坤面前，温和地拍了拍他的肩膀问："纪先生，请你把秘方交出来吧，这样对我们都好。"

纪坤冷冷地说："我的全身你都搜遍了，什么都没有，我所有的家当都在药箱和背篓里，你还想要什么？"

滕野沉吟了一下说："那好吧，这药箱和背篓皇军暂时保管了，药篓里的药材你拿去配药。"

纪坤无奈地点了点头。

6

下午，纪坤被安排在司令部后边的一处小院里配制蛇药，由两个鬼子一左一右地立在门口，像两个门神一样，对他实行严密的"保护"。这还不算，鬼子还把一只粗壮的手铐铐在他的左腕上，手铐连在指头粗的铁链子上，铁链子的另一端锁在一怀抱粗的房梁上。这样，纪坤每动一下，铁链子就会"哗哗"地响动。

这时的纪坤已有些绝望了。他心不在焉地捣制着药汁，两眼透过对面墙上的一扇小窗子望出去，见窗外树木丛丛，山峦重重，"啾啾"的鸟鸣声此起彼伏。这一切都提不起纪坤的情绪。凭他多年的治伤经验，他明白今天自己再不设法同那个游击队长联系，受了蛇伤的10多名同胞就得命丧黄泉。纪坤无奈地叹了口气，收回远眺的目光。

还不到半天的时间，滕野已经派人来过两次了，向他催要蛇药的秘方。显然，鬼子已经把他的药箱和背篓搜查了不止一遍了，没有找到他想要的东西。滕野的目的已经昭然若揭，他不仅仅想让纪坤为他们的军队效力，还想霸占蛇药秘方。

纪氏蛇药的秘方传到纪坤的手里，已经传了五代了，在纪坤多年的悉心钻研和实践中，比上几代有了明显的改良和完善。纪氏家族家规森严，为防止族人同室操戈，殃及纪氏蛇药的名声，自纪坤的曾祖父那一辈就立下了规矩：秘方世代单传，每一代只准许一人行医，没有获准行医的族人只能另谋生计。至于秘方的传授方式，更是别出心裁：秘方不形成任何文字或图谱类的东西，完全靠口传身授，这就需要被传授者有过人的天资和超常的记忆力。祖宗立下这种传授方式，大概也是为了消除存心不良的人对秘方的剽窃企图。纪坤自幼聪明伶俐，3岁即能完整地背诵《汤头歌》，深得长辈们的喜爱，早早地把蛇药的继承人选落在了他的身上。事实上纪坤也确实不负众望，在20岁的时候就对祖传的蛇药加入了两味新药，使蛇药的临床见效更加快，效果更加明显，提高了治愈的几率，使纪氏蛇药的名气更是锦上添花。此后的多年间，纪坤牢记祖辈的训导，悬壶济世，救死扶伤，为纪氏家族赢得了很好的名声。多年来，也有数不清的各色人物找到他，以种种诱惑让他说出蛇药的秘方，都被他或委婉或直接的拒绝了。

纪坤捣完了药汁，开始配药了。一个想法在他的脑海中萦绕了半天了，他一直犹豫不决。即将制成的蛇药还缺两味草药，如果没有这两味草药，受了蛇伤的人服下去，无异于饮鸩止渴，蛇毒在血液里会加快流动，在很短的时间内攻入心脏，致人死命。作为一个中国人，他很想把这些药就这样交给鬼子，让受伤的鬼子尽快地毙命。但是，作为一个医生，他又觉得这样做有违职业道德，有违他行医的初衷……

前院里忽然传来一阵枪声和爆炸声，紧接着，有人大呼："起火了！救火！赶快救火……"脚步声、喊叫声、叱骂声霎时连成了一片。

门口的两个鬼子有些不安地走到小院门口，向前院张望了片刻，又看了看屋内的纪坤。其中的一个拍了拍另一个肩膀，说了几句什么，就向前院奔去，另一个鬼子则重新站在了门口。

纪坤的蛇药已经基本配置完了，再加上两味草药，就可以使用了。但这两味草药需要上山去采。他对门口的鬼子招了招手，想让他给滕野传话，自己要上山采药。鬼子疑惑地进了屋，刚说了声"什么的干活"，门外忽然窜进一个人影，迅速地用胳膊扼住了他的喉咙，一把匕首闪电般刺进了他的前胸！鬼子一声不吭地瘫软在了地上。

"是你！高队长！"纪坤惊喜地叫道。

来人正是游击队长高呈祥。他把匕首在鬼子身上蹭了蹭，掖进了后腰里，上前一步，紧紧地握住纪坤的手说："纪先生，让你受苦了！"

在这里见到高呈祥，纪坤激动得几乎掉下了眼泪。他万万没有想到，鬼子的司令部里驻扎着这么多的鬼子，高呈祥竟然敢冒着生命危险闯进来救他，这是一个什么样的人物呀！

高呈祥看了看纪坤左腕上的手铐，皱皱眉，然后他把刚刚死去的那个鬼子翻了个儿，从他腰里、衣兜里翻找钥匙，却没有找到。他抓起粗大的铁链，又看了看一怀抱粗的房梁，恨恨地骂道："他娘的，小鬼子把你锁得这么牢靠，我得去找钥匙！"

突然，两个年轻的持枪汉子闪身进了屋，并关上了屋门，其中一个焦急地说："高队长！鬼子发现我们了，已经包围过来了！"随着话音，门外已经响起了密集的枪声，五指厚的木头屋门顿时被打穿了几十个圆孔。

原来，高呈祥为了分散鬼子的注意力，先派人在前院扔了几个手榴弹，放了把火，制造了混乱后，他和这两名队员乘乱潜进来营救纪坤。但鬼子人多，准备又充分，很快就把火扑灭了。狡猾的滕野立即想到了后院的纪坤，就命令鬼子包围了后院。

屋门是出不去了，高呈祥果断地抄起一条木凳，"砰"的一声将后墙上那扇破旧的木窗砸了个稀烂。然后对两名队员说："只有从后窗户出去了，你们先出去警戒，别让鬼子连窗户也封锁了。"两名队员利索地翻窗而出！

高呈祥将纪坤拉到自己身后，然后举起手中的驳壳枪，对着铁链子连开了三枪，铁链子被打得火星四溅，却丝毫无损。门外的鬼子对屋门进行了疯狂的扫射，弹孔越来越多，越来越密，门快要被打零散了。纪坤明白，门一破，鬼子很快就会冲进来，他和高队长谁也走不成了。他咬了咬牙，用右手从高呈祥的腰里抽出了那把锋利的匕首，眼一闭，匕首闪电般从左手腕上划过！他是医生，对全身的骨节了如指掌，所以，仅仅是一下，就把整只左手从手腕处切了下来！一股鲜血"噗"地喷溅在高呈祥的前胸！饶是高呈祥整天生活在枪林弹雨中，也被他的果断和勇气所折服，他"嗤"地一下从衣服上撕下一块布条，麻利地扎在了他的断腕处。这时，门"哗"地一下散落在地上，几个鬼子一齐涌到了门口！高呈祥一甩手，一梭子子弹打了出去，几个鬼子应声栽倒！随后，他迅速从腰里拽出一枚手雷，抛到了门外，"轰"的一声炸响，硝烟顿时弥漫整个屋子。借着硝烟的掩护，高呈祥抱起纪坤，将他从窗口塞了出去，随后，他一个鱼跃也翻了出来！

由两个队员断后，高呈祥拽起纪坤向山上跑去。纪坤强忍住剧烈的疼痛，拼命地支配着自己的两条腿，跑啊跑啊……耳边是"忽忽"的风声，眼前的树木、花草一晃即过，背后枪声大作，子弹贴着头皮"嗖嗖"窜过。脚下的地势越来越高，山路也越来越陡了。他脚下忽然被什么绊了一下，"扑通"一声摔在地上。脸磕在坚硬的岩石上，却没觉出痛。高呈祥将他拽起来，他继续跟着跑，爬上前方一道山梁后，高呈祥忽然停了下来。纪坤再也跑不动了，他气喘吁吁地坐在了地上。高呈祥忽然大声喊道："鬼子马上上来了，准备战斗！"纪坤这才发现，山梁上已经挖好了一道长长的战壕，战壕半人多深，蜿蜒数百丈，里面每隔两步都埋伏着一个衣衫褴褛的同胞。他心下顿时明白，原来高队长早就在这里埋下了伏兵，这一下小鬼子要倒霉了。

密密麻麻的鬼子端着枪，沿着山坡，气势汹汹地向山上冲来！队伍前面的那个鬼子，手握指挥刀，不断地向山上挥动着，嘴里还嚎叫着什么。这人正是日军驻丁镇的最高指挥官——滕野次郎。

鬼子们越来越近了。几乎听到了他们粗重的喘息声。

待鬼子和伪军离山梁还有百步左右时，高呈祥从一个队员手里拿过一杆步枪，然后平端起来，扣动扳机，随着一声清脆的枪响，滕野次郎"噢"地叫了一声，身子向上跳了一下，随后栽倒在地上。

枪声大作，子弹像雨点般射向鬼子！前面的鬼子顿时像断了根的芦苇般齐刷刷地倒下了一片！

鬼子们见势不妙，就地卧倒后，开始反击。就在这时，两侧的山坡上也响起了枪声，同时，手榴弹、石块也雨点般砸向鬼子……

这场战斗持续了有半个时辰，追来的鬼子无一生还，游击队缴获了大量的枪支弹药，满载而归。

回到根据地，高呈祥看着赤手空拳、衣衫单薄的纪坤，遗憾地说："鬼子是消灭了不少，可惜，蛇药的秘方落到了鬼子的手里，我们的珍宝要传入异族了。"

纪坤笑了笑说："高队长，你放心，鬼子是得不到秘方的，秘方还在我这里呢。"

高呈祥又重新打量了一下身无一物的纪坤问："是吗？"

纪坤拍了拍自己的胸脯说："这就是秘方，它比我的生命还要珍贵和重要，只能藏在我的心里，强盗们是拿不走的。"

两人同时"哈哈"大笑起来，爽朗的笑声在山谷里回荡了好久好久。

第二辑

山魂

WODEMINGZI

JIAOYING

我的名字叫鹰

我是我自己。

我没有名字。所以，我只能是我自己。

我们种族里的成员都是没有名字的。我们不需要名字。名字是群居的生命为了分清彼此而取的代号。我一直固执地以为，群居，是弱者的生存方式。而我们，是一个充满自信的种族。我们都有自己的领地，除了夫妻之外，从不群居。而对于异类而言，我们只有一个共同的名字：鹰。

是的，我是一只鹰。

所有的生命，都以诞生而开始，都以死亡作为终结。生命本就是一场无可避免的悲剧，而在这场悲剧中，很多生命并没有走到终点，在开始和终结的过程之中，就被他们的天敌夺去了生存的权力。而我们是幸运的。在世间万物之中，我们是很多物种的天敌，是令他们闻风丧胆的杀手。而世间万物，却没有孕育出我们的天敌，我们永远不可能成为其他物种的盘中之物。即使是最可怕的生物——人，也从不把枪口对准我们。

我们的天敌在世间万物之外，那是一个看不见摸不着却又时时陪伴在身边的幽灵。

听母亲讲：他的名字叫岁月。

岁月是世间万物的天敌，虽然他无影无形，但他无所不在，无坚不摧。我的爷爷奶奶是被他带走的。不久前，他又带走了我的母亲。

母亲的离去很突然。我以为和母亲还有很长的时间可以相处。岁月之手总是那么无情，意外得让我们应接不暇。

那一天，母亲忽然来到我的领地——方圆千里最高的绝壁之巅。我很奇怪，自从我离开母亲，只在捕猎归途中见到过她飞翔的英姿。她从来没到我这里来过。那一天，母亲的神情有些异样。母亲用慈爱的眼神看了我好久。我忽然发现，母亲的眼睛已经不像是一只鹰的眼睛了。它没有了犀利，却多了几分迷离和恍惚。后来，母亲乘我睡熟的时候悄然离去。没想到，这一走竟成诀别。我再次见到母亲的时候，她的身子已经轻得像一片羽毛。

那一天，我捕到了一只肥羊，忽然间想到了刚刚见过面的母亲。我觉得这次丰硕的猎获，应该和母亲分享，就叼着那只羊，沿山腰飞行了几十里，来到母亲栖身的崖上。那个山崖，是我自幼玩耍的地方，虽然我有近40年没有到过那里，却仍然非常熟悉。我滑翔着俯冲进那个山洞……

猛然！我如遭重创，口中的羊也滑落在地上！我极力稳住自己，才没有撞上嶙峋凸出的洞壁。

我的母亲，像一面黑色的旗帜，倒挂在山洞的顶壁上，随着洞里的山风，轻轻晃动。

母亲就这样离开了我，像父亲一样。父亲是我刚刚练习飞翔的时候离开我们的。他像一阵风，从这个世间消失得干干净净。

那一天，我怎么也无法理解母亲。

母亲为什么不选择涅槃重生？

重生，竟比死亡还要可怕？

我骤然想起了我的妻子，她比我大了近10岁。她是一只好鹰，捕猎觅食是把好手，每次猎获都远强于我。10年前，她离开了我，要找一个隐秘的地方重生。

等待她的那段时间，是我一生之中最受煎熬的时光。我日思夜盼，盼望着她能像传说中的涅槃者那样，带着一身崭新的羽毛回到我的身边。可是，漫长的五个月过去了，她没有回来。我用了半年的时间，找遍了方圆千里之内的所有高峰，终于，我见到了她，是她那羽毛飘散、腐烂干枯的尸体。

涅槃重生，真的这么难以实现吗？

我们是寿命最长的鸟类，可以奇迹般的活到70岁，甚至超过这世界上绝大多数的动物，而与可怕的人类寿命相当。然而，大多数的同类在40岁的时候就被岁月带走了，只有大约三成的鹰可以获得涅槃重生，活到70大限。

现在，我孤独地站在绝壁之巅，面临重生与死亡的抉择。

我已经40岁了。近两年，我的喙已经变得弯曲、脆弱，袭击的力度大不如以前，爪子也因为常年捕食而变钝，不能抓起沉重的猎物了。

起初，我不敢也不愿相信这些，我是一只鹰，怎么会堕落得如此不堪？

是一次生与死的教训，我才不得不面对这一残酷现实。

那是一个难以忘怀的中午，在山下的草原上，我向一只黄羊发起了攻击。那只黄羊正在一个缓坡上吃草，很悠闲的样子。我闪电般俯冲下去，将爪子深深地嵌入他的脊背！毫无悬念的一击成功，令我的内心充满着自信和骄傲。但是，当我准备提着他回巢的时候，却忽然感觉，自己的双翅因为羽毛的粗大而变得无比沉重，提着沉重的黄羊竟难以飞起了。我奋力试了几次，都失败了，这真是一只鹰的耻辱。我无奈地选择了放弃，然而，放弃也并非易事了，我的爪子已经深深插进羊脊背的皮毛里，因为爪子已经弯曲得厉害，竟然无法拔出来了。这时我已经精疲力竭，任由那只幸运的黄羊负着我在草原上狂奔。更为可怕的是，一只豹子加入了这个游戏，他紧紧跟在山羊后面穷追不舍。我猜想，他这一次的目标绝不是黄羊，而是黄羊背上的我。对于豹子来说，这是他捕食我的最佳机会，也是绝无仅有的机会。通常，豹子只能仰视着在空中翱翔的我们，内心充满自卑，我们只是他遥不可及的美梦。当时，我的内心有一个强烈的信念：绝不能让豹子得逞，如果一只鹰竟然葬送在一只豹子之口，这是世间最离奇的异闻，也是鹰家族最大的耻辱。我拼命地扇动着双翅，双腿也奋力挣扎，最终，以挣折两个爪趾的代价，摆脱了那只黄羊，重新飞上了天空。那只豹子，在我飞离黄羊后，忽然停了下来。显然，我的猜测是准确的，他想乘我之危而创下豹子捕捉到鹰的狩猎奇迹。黄羊对于他来说，应该是家常便饭了。在生物链上，黄羊是豹子无法逃避的下线。

这次死亡经历，使我清醒地意识到，我必须面对抉择：一是像母亲那样，回到巢穴，静静地等待死亡；二是通过150天的漫长煎熬，重获新生。

我开始在早已计划好的绝壁之巅筑巢。这只巢，不同于以往的巢穴。它必须绝对坚固、严密。因为，在未来的150天里，我将不再是一只鹰，再也不能像以前那样迎着暴风雨、迎着漫天飞舞的大雪翱翔。我将度过忍饥挨饿的150天，身体会极度虚弱，经不起任何的酷暑严寒和风霜雪雨。

筑好了巢，我又把最近捕到的几只兔子撕成一块一块的。这费了我好大的力气，因为我的喙和爪子已经都不再锋利了。我将这些带着皮毛的肉块摆放在岩石上晾晒着，这是我未来150天的全部口粮。没办法，我只能捕到兔子这种小型的动物了。那次猎取黄羊死里逃生后，我再也没有勇气对大的猎物出击了。

好了，现在开始了。我选择了一块坚硬的岩石，按着从小听来的办法，用力向岩石啄去！砰！我的眼前冒出了一串火花，钻心的疼痛使我摇摇欲倒。我的心凉了，我知道，我必须这么啄一千次甚至一万次，才能使我的喙脱落，然后，才有新的喙慢慢长出来。仅仅一次，就痛得这么难以忍受，那一千次一万次……该是怎样的痛苦？我不敢再想下去了，忽然就有了放弃的想法。干脆，吃完这些兔子，就静静地等着岁月来把我带走吧，那样就不用承受这样的折磨了。

我回到了凉爽的巢穴，静静享受着生命最后的时光。

高原的日头非常恶毒，但它照不进我的巢穴。

高原的风也很大很猛，但它吹不进我的巢穴。

我的巢穴里是安静而舒适的，舒适得让我不忍背离。

我安静地卧在巢穴中，在难得的静谧中回到了童年。

那真是一段欢乐的时光。我的父亲一早就出外觅食。母亲带着我，在山崖上练习飞翔。傍晚时分，总能等到父亲带回来的丰厚猎物。我在父母的哺育下羽翼渐渐丰满了。后来，我遇见了我的妻子，那只美丽又倔犟的小雌鹰，她是在我的父亲离开后出现在我的生活里的，因为她的到来，我一度忽视了父亲的消失带给我的伤痛。我们比翼双飞，相依相伴，早出晚归，那是一段多么美好的生活呀……后来，我死去了，一会儿像我母亲那样，倒挂在山洞里……一会儿又像我妻子那样，成为一具羽毛飘散、腐烂干枯的尸体……

我醒来时，已经是第二天的早晨了。露水从出口打进了我的巢穴，有几滴在草尖上闪烁。我腹中咕咕作响，想吃东西了。我蹒跚着走出了巢穴，实在没想到，昨天放在岩石上的兔子肉，竟然一块也不见了。它们去了哪里？被风吹走了吗？不可能！岩石的周围都有参差不齐的怪石挡着，即使被风吹离了原地，也不会消失得无影无踪。我四处巡视，终于发现了盘在山洞口的那条花斑蟒蛇。他懒洋洋地在那儿晒着太阳，圆圆的身子明显地撑出了一个一个的疙瘩。不用说，我最后的口粮，已经落入了这个不劳而获的家伙口中。我愤怒了，连蟒蛇，这个平常我都懒得看一眼的家伙，竟然也欺负到了骄傲的鹰的头上，这真是奇耻大辱。难道，他竟然看出了我死亡的征兆？这个倒霉的家伙，就让你来当我的最后一个猎物吧！

我孤注一掷地扑了上去！我用尽了全身的力量，连同我的体重，全部集中在我的喙上，一下就啄在了蟒蛇的脑袋上！顿时，这个家伙的脑袋就开了花。他缠在那块方石上的身子慢慢散开了，然后扭作一团，痛苦地挣扎了一番，终于不动了。

我啄开它的肚皮，将他刚刚吸进去的兔子肉捡了出来，这是属于我自己的东西，等吃完了这些兔子肉，就该轮到这个倒霉的家伙了。我艰难地吞下了几块兔子肉，肚子很快就饱了。

我抬起头，太阳已经升高了。无边无际的天空湛蓝湛蓝的，是没有一丝儿云彩的那种蓝，蓝得亲切而富有魅力，这使我瞬间产生了飞翔的欲望。但我不能这样做，我的羽毛已经太过粗壮和沉重，随时都有丧失飞翔能力的可能。在漫长的成长过程中，我曾经看到过多次垂直降落的鹰。无论是在平原还是高原，如果你在地上看到一只鹰的尸体，请向他致敬。这是我们鹰家族中死不服输的英雄，当然了，也是失败了的英雄。他们到了晚年，到了我现在的这种状态，仍然不相信天空会抛弃他们，他们抵挡不住天空那湛蓝的诱惑，勇敢地冲上蓝天，向远处、高处飞翔，很快，他们就筋疲力尽，无力返飞，只能壮烈地摔死在归途中。

我仍然选择了那块岩石，试探着轻轻啄了一下，有点儿轻微的疼痛感。我加了点儿力气，又啄了一下、两下……疼痛在逐渐加剧，但我没有停下来，死亡的噩梦和对蓝天的渴望，使我痛下决心，无论怎样的痛苦，我都要忍受，我一定要重生，重新飞向蓝天。

咚！咚！咚咚咚……咚——钻心的疼痛使我失去了知觉。

清醒时，又是另一天的早晨了，我躺在岩石上，全身的羽毛全被露水浸透，显得更加沉重了。周围奇形怪状的岩石也都湿漉漉的，看来，昨晚的露水很大。我拖着沉重的步子向前走了两步，竟站立不稳，晃了两晃，几乎摔倒在地上。饥饿又一次向我袭来，我蹒跚着走向那条蟒蛇。蟒蛇的脑袋平趴在岩石上，两只眼睛仍然鼓着，贪婪地盯着我。好的，那就让我从他的两只眼珠子开始吧。我用力啄向蟒蛇的眼睛，咚的一声，我的喙就反弹了回来。而蛇眼，还完好无损。我这才发现，我的喙已经在岩石上啄平了，没有任何的尖棱了。幸亏，我面对的是一条死蛇，否则的话，他反击过来，后果真的难以想象。

我忍着饿，再次来到那块岩石前，开始反复敲打我的喙。起初，是疼痛，后来，变成了麻木，麻木过后，又成为疼痛……这样反反复复地敲打，反反复复地承受着麻木和痛苦……日子一天又一天地过去了，我不知道昏迷过去多少次，也忘记了白天与黑夜的界限。我只知道，每一次从昏迷中醒来，我都会努力站起来，继续敲打着自己的喙，然后昏迷，醒来，醒来，昏迷……我记不清这样过了多少天，因为每一次昏迷，我都不知道是昏迷了多长时间，我的日程里已经没有了白天和黑夜，只有昏迷和醒来两个概念。

当我再一次从昏迷中醒来时，惊喜地发现，我的喙已经完全脱落了。我完成了重生的第一步，也是至关重要的一步。很多鹰，都是在这一步未完成时放弃了重生的。是的，相对于这种折磨，死亡的痛苦反而微不足道。

接下来的日子，虽然没有了疼痛的伴随，但仍然是难熬而恐怖的。我必须安静地待在巢里，等待着新的喙生长出来。我的巢是安全而舒适的，但它却无法阻止我的饥饿感。那条蟒蛇已经被晒成了肉干，这嘴边的美味，我也无福享受。在我的新喙长出来之前，我只能选择忍耐。睡眠在这时也变得凶险起来，因为已经饿了好多天，身体已经非常虚弱，如果长睡不醒，就会在睡梦中离开这个世界。可是，我太困太乏了，精神也萎靡不振。我终日懵懵懂懂、迷迷糊糊的，每时每刻都想进入睡眠。但每到沉睡的边缘，我都会警醒，努力把自己从睡眠中拉出来。

我从小就听说，作为百鸟之王的凤凰每500年要经历一次浴火重生。当她的生命快结束时，便会集起一堆梧桐枝，点燃起熊熊大火，她在烈火中、在濒死的境地中舞蹈，从而获得重生。重生后的凤凰就会变为朱雀，成为永远不死的神鸟。我想，凤凰涅槃的痛苦，比我忍饥挨饿的煎熬，哪个更难以忍受呢？在烈火中舞蹈，如果重生不成，就会变成自焚，那该是怎样一种凶险呢……

我觉得我快要死了。我曾尝试着去食用那条蟒蛇晒成的肉干，但没有了喙的嘴，根本啄不下硬邦邦的蛇肉。食物近在咫尺，却无法享用，这是我以前无法想象的事情。在我的新喙长出来之前，我可能就会饿死了，我已经挺不了多么久了。

鹰真的能涅槃重生吗？这会不会是一个骗人的传说？有哪只鹰能100多天不吃不喝地活下去呢？根据我40年的生活常识，这几乎是不可能的事情。我第一次对重生产生了怀疑，在这么残酷的现实面前，我已经接近绝望了。

又是一个早晨，奄奄一息的我睁开眼睛，一缕阳光从岩石的缝隙里照射进来，明媚而又温暖。我意识到，这可能是我在世上见到的最后一缕阳光了，我得好好看看。这时，我看到了一个意想不到的东西，一只蛋，一只很大的天鹅蛋，不知何时降临了我的巢穴。如果不是亲眼所见，我绝对想不到世上竟有这么巧合的事情，一只天鹅，在飞临我的巢穴的时候，恰巧下了一只蛋，而且恰巧摔裂了一道缝。我奋力站起来，凑到蛋的跟前，然后，把没有喙的嘴放进那条缝里，轻轻一吸，又粘又香的蛋清和蛋黄就溜进了我干渴已久的食道。这真是一只救命的天鹅蛋，我吸了足足一个时辰，才将它吸完。这时，大片的阳光斜照进我的巢穴，我有了深深的困意……

这一觉不知睡了多长时间，醒来时，我感觉自己全身充满了自信和力量。我走出巢穴，清新的空气让我精神一振。没有风，阳光静静地照射在亿万年前就长在这里的岩石上，四周很静。我迷恋地望着湛蓝的晴空，没有一丝儿云，我的几只同类停在高远处，伸展着巨大的翅膀，一动也不动，像挂在了那里。我不由想起自己精力充沛的那些时光，那时，我也经常这样挂在天的虚无之处，什么也不干，就这么一天一天的挂着。那时，我并不懂得，很多鹰放弃了狩猎，就这么空挂在天上有什么意义。直到现在，我才恍然，有时候，没有意义才是最大的意义，因为，在世间万物之中，只有我们，鹰，才可以这样高挂在天空，这是鹰的骄傲。天空是我的战场，是我的乐园，也是体现我生命价值的地方。我久久地凝望着，忽然间豪情万丈，我要拥抱它，融入它，哪怕成为它的一缕风，一粒微尘……

良久，我感觉肚子又饿了，是那种刀绞胃肠般的饿，这残酷的现实让我在心的最深处叹了口气，刚刚的豪情化为乌有，前途和未来一下子又黯淡下来。我收回了远眺的目光，想让眼睛休息一下。我就是在这时候发现那只鹞子的，准确点儿说，是一只死鹞子，他仰面朝天地躺在离我巢穴不远处的一块岩石上，眼睛闭得紧紧的。隐隐约约地，我还看到一个巨大的影子正离开我的巢穴，箭一般消失在天际中。那个影子是那么的矫健，熟悉又陌生，虽然只是一瞬间，却让我感受到了扑面而来无法阻挡的温暖。

极度的饥饿使我迫不及待地扑了上去，狠狠地在他的脖子上啄了一下！饥饿使我忘记，我已经没有喙了，我是啄下去的同时才想到的，这一下绝对毫无收获。但是，我这一啄之下，竟然将鹞子的脖子啄了个小洞，我真切地品尝到了鲜肉的滋味。我这才发现，不知何时，我的喙已经长出来了，呈乳黄色，尽管还有些短小，颜色也有些鲜嫩，但毕竟，它是我的新喙，是我的喙的第二次生命。一种巨大的成就感刹那间笼罩了我，我完成了重生的第一步，我的喙重新长出来了！我仰天发出了一声尖啸！这是自我母亲去世后，我发出的第一声长啸！

我先喝干了鹞子的血，然后，把他放回我的巢穴，贮藏了起来。我汲取了那些兔肉被偷的教训，为了不被蟒蛇之类的小偷再把这珍贵的食物吃掉，我只能这样。现在食物对我来说，就是生命，就是前途，就是未来。所以，我不但要好好保护它，还要尽可能慢的享用它。因为对于一只重生的鹰来说，需要面对的，还有好多好多天的煎熬，我要用这有限的鹞子肉尽量多维持几天。

等待是漫长的，也是无聊的，有时候甚至是绝望的……但我别无选择，我现在要做的是三件事：第一件事是等待，第二件事还是等待，第三件事仍然是等待。这无边无际的等待，前途未卜的等待，经常让我心如死灰。我从来没有感受过时光如此之慢地在我的身边徘徊。每天，我都心急如焚地盼望着日头早早地从东方升起，然后像鹰一样盘旋着飞过正南方向，再以鹰的速度从西方落下，让我尽快地度过这一天。然而日头走得总是太矜持、太迟缓……尤其是正午，它放射着耀眼的光芒，无动于衷地悬挂在空中，一动也不动，就像在那里挂了一千年，一万年……还要挂一千年，一万年……日头不动，时间好像也停了下来，一切的一切都成了静止的，压抑，太压抑了，我的内心在一天又一天炼狱般煎熬的等待中越来越狂躁起来，我逐渐丧失了耐心和信心。几天前，我已经吃完了那只鹞子的最后一根羽毛，现在，我又陷入了饥饿的困境。如果来一场雨该有多好，至少可以让我喝点儿雨水，润一润我干燥的喉咙，清新的空气也会使我安静下来。然而，天空仍然是万里无云。我再一次抬头望了望那轮可恶的火球，然后笨拙地将脑袋撞向一块岩石！

我相信我昏迷了足足3天的时间，因为我醒来时，我脑袋上喷出的血，已经在岩石上晒成了干，并离开岩石表层，翘了起来，像一张张烙熟了的奇形怪状的血饼。我居然没有死去，这使我有些无所适从，不知道该拿自己怎么办。我下意识地将岩石上的血饼啄了起来，吸入体内。饥饿使我啄得非常贪婪，用力也大了些，竟然将岩石撞出了火星！哦，我吃了一惊，看自己的喙，竟然变成了红褐色，这种颜色，在我们鹰家族中，是成熟的表现。我的喙，在我已经接近崩溃时，悄悄长成了。

我开始用坚硬的新喙对付自己的爪子。我必须将自己早已经磨钝的爪子一个个拔出来，只有这样，才能长出新的、锋利的爪子，才能在捕猎时一击成功！我有两条腿，每条腿上有四只利爪，前面三个并排叉开，后面藏着的一个是至关重要的，它要和前面的三个同时用力，才能将猎物抓牢。我知道，一个一个拔下自己的爪子，会很痛。但我已经有了破碎喙的经历，不想再试探和犹豫，无论如何，我也逃脱不了剧烈疼痛的厄运，那就干脆让疼痛来得快一些，酣畅一些吧……

痛，是那种钻心彻骨的痛。我的厉叫声刺破天空，在崇山峻岭之间回荡着，周围的鸟雀全部闻声而逃，黑压压的鸟群遮住了阳光，又很快消失在天际。伴随着一声声悲鸣，一只只血淋淋的爪子被我生生地从脚趾上拔下来，一只，两只……当最后一只爪子拔下来后，我已经无法站立，瘫倒在岩石上。

我全身的羽毛都被汗浸透，没有了一点儿鹰的威仪，甚至，更像一只落汤鸡。

又到了我选择的时候，我将面临两种选择，这是我的前辈们告诉我的。或者，静静地等待我的爪子重新长出来，等爪子重新成为利爪，有了攻击能力后，再用喙将粗大沉重的羽毛一根根拔掉，然后，再耐心等待新的羽毛长出来；或者，现在就将羽毛拔下来，让爪子和羽毛同时生长。前者，要多耗费一个月的时间，但相对安全一些，如果遇到意外的侵害，起初是凭借着喙和羽毛的同时存在，后来依靠喙和爪子的同时存在，都能作出抵抗和反击，比较担心的是，多一个月的饥饿煎熬，也会时时与死神相遇；后者，会早一个月完成涅槃重生，但是，爪子和羽毛的同时丧失，会令我的身体失去平衡，连站起来都很难，遇到意外袭击，只能任由宰割。

我选择了后者，我喜欢置之死地而后生的感觉。这才是鹰的选择，决绝而无畏。拔掉羽毛，并没有让我承受太大的痛苦，比起毁掉喙和爪子，这点儿痛苦根本微不足道。一只鹰一根一根地拔掉自己所有的羽毛，需要的是勇气。当他的羽毛不在了，利爪不在了，他还是一只鹰吗？

我用了三个月的时间，决绝地敲碎了自己的喙，拔下了自己的爪子和羽毛。我已经成功战胜了自己。但是，我无法知道，我是否能够最终战胜时间。我还需要30多天的时间，让爪子和羽毛重新长出来。只有熬到那时，我才能真正获得30年崭新的生命，再次翱翔在天空，成为空中骄子。

接下来的日子，每一天都是浑浑噩噩的，每一天都是在半睡半醒之间抑或半昏迷状态下度过的。虽然我看不到自己的全身，但我可以想象，自己光秃秃的样子一定很丑陋。我无法站起来，双爪触到岩石时钻心的疼痛是次要的，在岩石上留下斑斑血迹也是次要的，重要的是，频繁的摩擦，会影响爪子的成长。我天天躺在巢穴里，奄奄一息，如同一只死鸟。

我已经好多天没有享用过食物和水了，我感觉自己的身体正在逐渐萎缩，也许，用不了多久，我就会成为一具干瘪的尸体，那时，我的涅槃重生之梦就彻底破灭了，临死之前承受的这些折磨和煎熬全成枉然。在另一个不知是否真实存在的虚无世界，我可能会遇到我的母亲和妻子。极度的虚弱，我随时会沉睡过去，永远不再醒来。我就努力地仰着自己的脖颈，不让脑袋垂下来。但是，脑袋还是会在不知不觉中慢慢地耷拉下来……迷迷糊糊之中，我看到了母亲和妻子，她们就在我的眼前站着，都笑着看我，母亲说：来吧，孩子，别遭这份罪了，到我们这里来吧……然后，她们带着我走向黑暗的天空，我跟在她们后面，感觉到身子在逐渐下沉、下沉……身下好像是无底的深渊，我越沉越快，却总也沉不到底……身下慢慢变得红光耀眼，在深渊的深处，是一片火海，母亲和妻子很快就消失在火海中。我奋力扇动翅膀，想飞离火海，但翅膀已经荡然无存，我的身子流星般向火海坠去……

在我绝望的时候，一阵冷风袭来，我一个激灵，睁开了眼睛，眼前竟是一片黑暗，巢穴的出口，有什么东西堵在那里，阻挡住了外面的光线。我在睁开眼睛的一瞬间，就感受到了近在咫尺的危险。没容我多想，一只冷硬的爪子就攫住了我的脖颈，用力往巢外拖去。我内心一片冰凉，我曾经的担心要应验了，在经历了那么多的痛苦和磨难之后，一切努力将化为乌有，生命也会从此终结。这个不速之客把我拖出了自己的巢穴，扔在出口的岩石上。我眨了眨眼睛，看清眼前竟是一只黑色的山猫，这是一只雄性的山猫，黑色的毛发随风瑟瑟，纯粹得没有一根杂毛。他非常精壮，如果不是攀岩的佼佼者，他也不会上到这绝壁之巅。这个平时见到我就拼命往石头缝里钻的胆小鬼，现在却扮演着杀手的角色，他迈着自信的步子一步一步接近我，乌黑冷酷的眼珠阴森森地盯着我，看了好长一会儿。在我40年的狩猎生涯中，已经有数不清的山猫丧生在我的利爪之下。今天，报应终于来到了。

突然，山猫闪电般扑了上来！我调动起所有的精力，在他的尖齿即将咬到我的喉咙时，奋起一击，用我崭新的喙狠狠啄在他的一只眼珠上！

惨叫声同时响起！

我们两败俱伤。

我啄瞎了山猫的一只眼睛，他痛得在地上翻滚，在岩石之间撞来撞去，发出凄厉的尖叫。而我的脖子，也遭到了重创，被这个入侵者撕开了一个小小的血口，殷红而粘稠的血正缓缓地流出来。我奋力地挣扎着，想乘机扑上去，消灭这个危险的对手，再把他用作赖以生存的食物。可是，我却动弹不得。两只爪子一接触到岩石，就痛彻心扉，没有了羽毛的身体，也无法找到平衡使自己站起来。我努力的结果，就是在岩石上翻了几个滚儿。我知道完了，我只能任由这只山猫宰割了。

那只山猫，在经受了最初的剧痛之后，没有马上进行反击，而是选择了落荒而逃。

我长出了一口气。

猫，终究是猫。

鹰，还是鹰。

我休息了好长时间，在体力恢复之后，开始试着走回巢穴。但"走"已不太可能，我仍然无法站立起来，为了能回到安全的地方，我只好暂时放下鹰的尊严，连滚带爬地回到自己的巢中。如果不是涅槃重生，我从未想到过会有今天的狼狈如斯。在我爬过的岩石上，留下一道蜿蜒的血迹。这对于我本已即将耗干的身体来说，无异于雪上加霜。

我守在自己巢穴的出口，一动不动。

我在等待着那只山猫，他肯定会回来复仇。

一天过去了，又一天过去了。一直没有山猫的影子出现。

但我知道，他会来的。

我用伤口的血维持着自己的生命。每到熬得支撑不住时，每到昏昏欲睡时，我就在自己的伤口上狠狠地啄一下，不仅是为汲取一点儿可怜的营养，更为主要的，是让这痛，来提醒自己不要睡去，不要在梦中成为山猫的腹中之物。山猫的耐性远远超出我的想象，他一直没有来。而我的伤口，一次一次地结痂，又一次一次地被我自己无情啄开，我用微弱的血和疼来留自己在世上。

山猫终于来了。在一个深夜，他悄悄地潜进了我的巢。距离上次搏斗，已经过去了10多天的时间。他肯定以为，我的生命之火已经燃尽，因此，他就有些长驱直入的样子。黑暗中，我看到一团比黑暗更黑的影子，慢慢向我迫近。最为醒目的，是他那只弥漫着绿光的眼睛，像一盏灯，在黑夜里游离、飘移。

我没有等到他出击，就将等待了10多天的力气凝聚在喙上，对着那盏"灯"，闪电般啄了过去！

我只听到一声厉叫，就失去了知觉。

醒来的时候，是个中午，我不知道自己又昏睡了多长时间。巢内一片狼藉，到处是羽毛、鲜血和碎石。更令我吃惊的是，那只山猫，就横卧在巢穴的出口，全身布满了伤口和血迹。我看着这只自己送上门来的美食，内心充满了久违的快乐。

我艰难地挺起身子，开始慢慢享用这只精壮的山猫。我饿了太久，吃得无比贪婪，我把大半个山猫的肉、骨头全部吞了下去，连皮毛也没有放过。我真切地感受到我新生的喙是多么的锐利，这使我对自己即将长出的新的利爪和羽毛也充满了期望。饱食之后的困意袭来，我在自己温暖的巢里，美美地睡着了。

我相信，这一次我睡了很久，因为醒来时，我全身有一种细微的痒，原来，我的新羽毛竟然钻出了皮肤。我试着站了站，竟能站起来了。更加意外的是，我的利爪也长出了白白嫩嫩的芽，我的新生，真的开始了。我步履蹒跚地走出巢穴，我已经好久没有能力"走"出自己的巢穴了。外面已经有些冷了，这时候，山下原野上的庄稼大概已经收割了，接踵而来的，是漫长的冬季。在以往的岁月中，冬季是我们猎食最为艰难的季节，很多动物都猫冬了，原野上一片空旷，树林里也难寻动物的踪迹。那时候，我经常连续十几天捕不到猎物，只能默默地忍受着饥饿。而今天，我的运气还好，那半只山猫，足够我应付剩余的时间。

　　一场大雪覆盖了一切，把山川、河流、大地全部变成了白色的，但是，它改变不了天空的颜色。天空是属于鹰的。我站在已经被大雪覆盖的岩石上，贪婪地望着天空。

　　一个雄伟的身影在遥远的天际向我飞来，越飞越近，越飞，越像是我自己，像我已触手可及的梦想。

山魂

1

　　喜林在铁锅上烙着馒头片儿。是一个整馒头，切成了四片儿。没有油，油已经断了七天了。馒头片儿就在锅里干烙。喜林用一双已经看不清颜色的筷子不停地翻着，免得将馒头片儿烙糊了。一股麦香味儿开始在屋里弥漫了，喜林吸吸鼻子，将灶下的柴火撤了出来，放在角落里，然后，一瓢水将火熄了。喜林不着急吃，他有经验，馒头片儿在没了底火的锅里是不会糊的，待锅凉下来，馒头片儿也不热了，那时再吃，真是又香又脆，听父亲说，这样的馒头片儿吃了养胃。如果再配着疙瘩咸菜吃，那真是满口飘香了。

趁这工夫，喜林出了灶屋，来到卧室里，坐在床头上，点燃了一支烟。在这个海拔1000多米、方圆30多里没有人烟的深山里，喜林拥有两间石头房子，一间用来做饭和吃饭，另一间，是用来睡觉的，他自己戏称为"卧室"。

一支烟快要吸完的时候，喜林觉得馒头片儿的火候已经到了最佳，他将烟头扔到床头边一个盛着半桶水的木桶里，然后趿上鞋，想到灶屋享受他的美食。刚站起来，忽然听到一种异样的声音。他愣了一下，顾不上提鞋，就快速地走出屋门。

声音却消失了。

但喜林知道，刚才那个声音，既不是风声，也不是鸟叫声，更不是啄木鸟啄树的声音。多年的山林生活，使喜林的听觉出奇的灵敏。他俯下身子，将耳朵贴在地上的岩石上，然后，屏住了呼吸。

2

喜林是他们这个家族的第7代护林员了。喜林的祖上，曾为伪满清政府做过护林员，也为国民政府护过林。从他祖父这一辈上，才开始为国营林场护林。喜林虽然只有40岁，却在沂蒙山区有着25年的护林历史了。其实，细算起来，喜林的护林史还远远不止25年。他从五六岁开始，就经常跟着父亲巡山。从那时开始，他就开始熟悉了这片山林的一草一木，熟悉了纵横交错的各条上下山的羊肠小道。到现在，他对这片山林的熟悉，超过自己的老婆孩子。喜林曾对林场的领导夸过海口：你只要说出一棵大树的样子和周边环境，我就能知道这棵树在什么位置。领导当然不信，后来就测试了他几次，结果不得不对这个貌似粗蛮的汉子刮目相看了。

喜林能15岁当上护林员，是缘于父亲的一次意外。

父亲的脾气很倔，他的倔脾气在周围十里八乡那是相当有名的。父亲也是从不到20岁就接替喜林的祖父担任护林员的。自从父亲当上护林员，他们家的亲戚陆陆续续地都断交了。那年月，山里人都穷，都想从国营山林里捞点儿吃的、用的。可喜林的父亲把整片山林看得比命都重，守护得滴水不漏，甭说外人，自己家的亲戚朋友也别想从山林里弄走一棵树。渐渐地，父亲就成了很多人眼里的仇人。连喜林的两个姐姐，也都对父亲一直怀有成见。两个姐姐到了出嫁的年龄，都想嫁到山外，借此走出闭塞的莽莽大山。谁知，父亲早就为她们物色好了人家，就在林场附近的同一个村里。父亲的目的很明显，让她们的女婿闲时帮着看看林子，做个"眼线"。两个姐姐虽有意见，却不敢不从，一方面她们心疼父亲，不想让他生气。另一方面，因父亲的倔脾气，她们从小就服从习惯了，他决定了的事情，谁也拗不过来。

其实，全家人之中，真正领教过父亲脾气之倔的，还是喜林。

那一年，喜林刚刚15岁。那是个夏天，喜林初中毕业，待在家里没事儿，就随父亲去巡山。傍晚的时候，他们走到了云雾峰。云雾峰是离林场中心最远的一个山头，地处三县交界之处，山上林木茂密，且品种丰富，仅百年以上的银杏，就有近百棵，一直被父亲列为盗伐的"高危区"。爷儿俩刚走到半山腰，父亲忽然按了一下喜林的肩头，轻声说：你听。喜林侧耳倾听，隐隐约约地听到一种刺耳的、尖啸的声音。喜林不解地看父亲，父亲说：有人在锯树，这是锯条和树身摩擦的声音。快！晚了这棵树就完了。爷儿俩循着那个尖啸的声儿奔去！

那个尖啸的声音越来越大了，这预示着，他们离盗伐者也越来越近了，喜林紧张得心快跳出喉咙了。父亲忽然停了下来，将手中的铁锹递给了喜林。父亲巡山，肩头总扛着一把铁锹，这是他多年养成的习惯。一把铁锹在手，在巡山过程中，可以修修路，给小树培培土，发现有空地儿，就随地找棵野生的小树苗子，移栽过去。还有一点，晚上走夜路防身。父亲将铁锹交到喜林手中说：你先别露面儿，如果我有危险，你也不要出来，赶快回林场报信儿，他们要是伐了树，一时半会儿走不远。喜林接过铁锹，他的手有点儿抖。父亲瞪了他一眼，小声却是很有力地叱道：怕什么！你也算是一个爷们了！再说了，我们代表着政府，他们是贼！

临近了，他们也透过树丛看清了，偷树的是三个壮年男人，两个人正拉大锯，锯一棵一搂粗的银杏树，已经锯了有四分之一了。另一个满脸络腮胡子的壮男人，手里拽着绳子，绳子的另一端已经系在了高高的树杈上。情况已经十分危急，如果再不制止，这棵百年银杏就保不住了。

父亲让喜林躲在一丛灌木的后面，让茂密的枝叶隐藏着他，保护着他。然后，父亲突然冲了上去，一脚一个，先将拉大锯的两个人踹翻在地！

父亲的贸然出现，起初把这三个盗伐者吓得面如土色！但是，当他们看到只有父亲一个人的时候，脸色都慢慢恢复了正常。他们互相使了个眼色，然后一起扑向了父亲！那个拽缉的络腮胡子在后面一把抱住父亲的后腰，另两个人一左一右，架住了父亲的胳膊，使父亲无法动弹。

灌木丛后的喜林看到这一幕，一时不知所措。15岁的他心里很明白，他听从父亲的嘱咐，现在就去林场报告，是比较理智的选择。可是，他实在放心不下父亲，明知道自己留下来也帮不了父亲多少忙，也不愿意在父亲有危险的时候转身离开。

三个盗伐者将父亲绑在了树上，络腮胡子将斧头的刃儿贴在父亲脸上，声调低沉地说：你敢出声，我就劈死你！一个年纪大点儿的瘦高个子阻拦住络腮胡子，对父亲说：都是乡里乡亲的，您就放我们一马，以后逢年过节的，我们一定登门答谢！络腮胡子仍然举着明晃晃的斧头，冷笑着说：如果你不给我们面子，我们兄弟没别的办法，只能杀人灭口了！另两个人也都随声附和：是呀，您可别逼我们往绝路上走！

父亲脸上的青筋暴起，他双眼圆睁，怒叱道：休想，有种你就把我剁了，只要我有一口气在，你们别想在这里弄走一根草！

络腮胡子将明晃晃的斧刃抵在父亲的喉结上，压低了声音说：你敢再说一遍，你这一辈子就到头了！

父亲哈哈大笑道：再说一百遍也是这样，你们休想弄走这里的一根草！

络腮胡恼了，挥起了斧头……

父亲不屑一顾地将头扭到一边说：有种就来吧！

喜林不知在哪里来的勇气，他忽然从藏身的灌木丛后跳了出来，高举着铁锹大喝了一声：你敢！

3

喜林屏住呼吸，耳朵贴在岩石上，听了足有两分钟，也没有听到有异响。他已经憋得满脸通红，再也忍受不住，就大喘了一口气，站了起来。

喜林爬上了高高的"瞭望塔"。这个"瞭望塔"，是喜林花了10多天的工夫，用枯树干、粗树枝、废铁丝、旧木板搭建而成，高约10米。山风大的时候，这个塔就被刮得左右摇晃，还发出"吱吱"的摩擦声，好像随时会倒塌。所以，这个塔，除了喜林，没人敢上去，林场的场长来看喜林时，上去过一次，但没上到顶，就脸色苍白地下来了。喜林建了这个塔不到半年，就吃了一次亏。那一次，喜林也是听到有不正常的声音，想爬上去观察。他刚爬的时候，就觉得塔有异常，比平时要晃得厉害。刚爬到一半，塔就摇晃着倒了下来，把喜林结结实实地摔在了门前空地上的青石板上，幸好，他是屁股先着地，没摔折骨头。喜林在地上躺了半天才爬起来。他被人暗算了。基座上有几根横木，被人用锯锯开了，只连着像筷子那么粗的一个角。不用想，他就知道，肯定是被他抓过的盗林人干的。他遭到报复也不是一次了，就在去年冬天，已经进了腊月门的一天，他巡山回来，发现家里已经一片狼藉：门窗上的玻璃全被砸碎，锅碗瓢盆全被摔碎，四条床腿全被砍断，床上的被褥不翼而飞，就连他垒的石灶，也被推翻了。当时他想，幸亏他没有同意老婆孩子来陪他住，要是他们在，后果真的不堪设想……

后来，喜林用石头水泥把窗户都堵死了，屋门也换了过去那种厚重的独木板门，老式大铁锁，没有钥匙，想弄开很难，还得弄出很大的动静。自那以后，家里的东西再也没有受过损失。

现在，喜林再上"瞭望塔"，也变得小心多了，他先看看塔的基座，仔细检察一番，确定没事后，才小心翼翼地往上爬。

不知何时，天悄悄地阴下来了。今天是北风，风不大，但很强劲，一下一下地打到脸上，像鞭子抽。站在塔顶，不但附近的山林尽收眼底，利用望远镜，还可以观察到云雾峰。时下已是隆冬，很多树都掉光了叶子，视线极好。喜林将挂在腰间的望远镜摘下来，开始由近及远，四处扫描。

一个熟悉的影子在镜头内一跃而过！闪入一条山沟内不见了。

喜林笑了，这个家伙，又来了，看你往哪儿跑？

喜林将镜头对准山沟另一面的山梁。果然，一会儿工夫，那个家伙又蹿上了山梁。它好像感觉到喜林在看它，就扭过头，仰着脸，往喜林这边凝望。当然，它是看不到喜林的，它的视力怎么也不是望远镜的对手。

那"家伙"是一匹狼。也是喜林在山林里见过的唯一一匹狼。

2007年的夏天，林场的同事小迟结婚，婚宴就在山下的林场大院里办的，林场所属所有林区的护林员都参加了。那天，由林场领导主持婚礼，婚宴的氛围空前的热闹。这些护林员们平时都分别坚守在自己的岗位上，各自为战，很难聚在一起喝酒，像这么多人聚在一起，更是难得，所以，酒喝得很尽兴。那是喜林有史以来喝酒最多的一次，散场的时候，他已经快站不住了。林场的同事劝他搭顺风车回山下的家，乘机和老婆孩子团聚一下，明天一早再上山。但他上了倔脾气，他的倔脾气来自家传，谁也劝不住。他倚仗着从小就走熟了山路，借着明亮的月光，歪歪斜斜地上了山。

喜林深一脚浅一脚地走在羊肠小道上，越走越高，越高，山风就越爽。他索性脱下了上衣，擦了一把脸上的汗，然后将上衣搭在肩上，继续往上走。走到一半路程的时候，他的酒劲就涌上来了，压也压不住，他弯腰吐了几口，感觉好受了点儿，就继续赶路。走了有百十米，酒劲再次上涌，他又吐了一次。这一次吐得有些难受，走得就慢了些。刚走出十几米，就觉得背后有动静。虽然喜林喝了很多酒，但因他多年的护林生涯，练就了一双好眼力，一副好听力，加上夜里山中又静，所以，他敏锐地感觉到了背后的声音。他回头一看，一个黑影，正在他刚才呕吐过的地方趴着。他心下释然了，是一只狗，在吃他刚才呕吐的东西。他放心地继续往山上走，这一路，他又吐了五六次，直到把胃里的东西吐干净，才到了他山上的家。他又累又难受，到了屋里，倒头就睡着了。

第二天醒来的时候，日头已经在东南方向了。喜林睁开眼睛，第一眼就看到一只狗趴在床前，睡得正香。屋子里酒气熏天，喜林吸吸鼻子，酒气竟是这只狗身上散发出来的。显然，这家伙昨天晚上一定是紧跟着喜林，喜林吐的东西，全进了他的肚子，跟喜林回到家，它也醉倒了。喜林踢了它一脚，它动了动，继续睡，看来，醉得不清。喜林不再管它，就到灶屋里熬小米稀粥，烙馒头片儿。直到喜林做熟了饭，吃完，回到卧室里，那个家伙才睁开了眼睛，眼神有些恍惚。看到喜林，它动了动，刚爬起来，就又趴下了，看来，酒劲还没有完全下去。喜林骂道：你傻呀，不能喝还硬撑！喜林将剩饭盛到一个盆子里，放在它的面前，说：喝点稀粥吧，醒醒酒，以后别这么没出息！那家伙吃力地抬起头，伸直脖子，将嘴插到稀粥里，先试探着喝了几口，然后就大口喝了起来，不到一袋烟的工夫，半盆粥就喝光了。喜林将吃剩下的两片馒头片儿也扔给它，它也毫不客气地吞了下去。喜林轻轻地踢了它一脚说：吃也吃了，喝也喝了，滚吧！那家伙奋力爬了起来，歪歪斜斜地往外走，几次差点儿摔倒，但都挺住了。这时，喜林才惊出了一身冷汗，这哪里是狗呀？这是一匹狼！粗大的尾巴拖在地上，摆来摆去，像把扫帚。那匹狼走出了屋子，回头看了喜林片刻，眼光很柔和。那一刻，喜林释然了，这匹狼，不会对自己造成任何威胁。从此，这匹狼就经常出现在这片山林里。有时，是在喜林巡山的时候，它不远不近地跟在后面，像个忠实的保镖。有时，它也光临喜林的家，在离门口十几米的地方，蹲着。这时，喜林往往给它拿点儿馒头或稀饭，有肉的时候，喜林也扔给它一块儿。它好像很容易满足，吃完就走。但它从不进喜林的门。喜林午睡的时候，因为贪图凉快，从不关门，它仍然在门口十几米远的地方蹲着，一直等喜林醒来，他才不声不响地转身离开。几年下来，喜林和这匹狼之间秋毫无犯，并始终保持着不远不近的关系。喜林知道，他们之间虽然已不存在互相伤害的念头，但要达到完全信任，还需要时间。

喜林感觉脸上凉凉的，不知何时，雪零零星星地下了起来，地面已经被打湿了。

喜林调了调望远镜，将视线慢慢地放远，目光透过望远镜的镜头，掠过一丛丛的林子，一个个的山梁、山冈，搜寻着可疑的目标。终于，他的目光锁定了云雾峰上，锁定了层层山林间一个移动的黑点……

喜林连溜带跳地下了嘹望塔，然后，抄一条近路，向云雾峰奔去！

喜林小时候听评书，经常听到"望山跑死马"这句台词。但他始终不明白这句话的含意。自从当上护林员，他才越来越感觉到这句台词的深刻和准确。在这莽莽的沂蒙山脉中，有时，他看到山峦间有一个人影，那个人影好像离得很近，就几百米的样子，可要走到那个人的身边，并不是容易的事儿，几百米的距离，有时要下山谷、攀山崖，横竖上下地拐几十个弯儿才能抵达。

但是，走山路，"熟"是一宝。在这片山林中，喜林要去哪个地方，总能找到最近、最好走的路线。长年的巡山生涯，也锻炼了他一副好体格。他压抑住内心的激动，以最快的速度赶赴云雾峰。因为，就在刚才，他从望远镜里看到的那个人影，是那么的熟悉。那个身影，已经在这片山林转悠了十几年了，是他的一个老对手了。这是一个不好对付的对手，又精又滑，好几次在喜林的眼皮子底下溜掉。喜林一直暗下决心，有朝一日，一定要抓他个现形。看到他的瞬间，喜林忽然感觉到，这个日子就在今天。

4

喜林的一声大喊，使三个盗伐者和父亲都吃了一惊。

三个盗伐者还没有反应过来，父亲先急了：笨蛋！你回来干什么！

喜林将手中的铁锹往高处举了举：谁敢动俺爹，俺就拍死他！

父亲骂道：傻小子，快滚！滚到山下报信去！

三个盗伐者见来者是个未成年的孩子，都松了一口气。他们互相使了个眼色，慢慢向喜林包抄过来。

父亲见事情不妙，一边拼命挣扎，一边大声喊：喜林，你要是我的儿子，就要听我的话，赶快跑！

父亲如雷般的吼声使三个盗贼都哆嗦了一下，停了下来。他们不知所措地互相看了几眼，都面露惊慌。

络腮胡咬了咬牙说：事情到了这一步，要想保全我们自己，只能把他们爷儿俩都灭了，否则，我们谁都跑不了。

父亲一听，眼珠子都红了，他全力挣扎，绳子被挣得嚓嚓作响。

父亲咬着牙说：喜林你听着，记住这三个人的样子，快跑吧！你跑得越快，你爹就越没事！

喜林想，这三个盗贼已经知道被我发现了，我现在跑，他们应该不敢再伤害父亲了。

喜林挥了挥手中的铁锹说：我已经记住了你们的样子，我这就下山通矢口林业公安封山，你们一个都跑不了。说完，扔下铁锹，转身就跑。

络腮胡子急道：你们还愣着干什么？追呀！

瘦高个说：他灵得像个猴，咱哪追得上呀。

络腮胡气道：你们这俩废物！看着这个，我去追！

络腮胡拼命在后面追了上来。

喜林凭借从小就跑山路的优势，再加上路熟，一会儿就把络腮胡远远地抛在了后面。

那一次，是喜林拥有生命15年来跑得最快的一次，他跑到山下的公路边上，回头再看，那个络腮胡子根本没有跟上来。他做了一次深呼吸，然后沿公路跑向林场。林场的人都出去巡山了，只有一个值班人员，他用电话向林业派出所报了案，然后顾不上休息，沿来路向山上跑去。

当喜林再一次看到父亲时，他的汗水已经将衣服全部浸透，整个人像从水里捞出来的，都快虚脱了，他来到捆绑父亲的树前，像一摊泥，软在了父亲的脚下。他大口大口地喘着粗气，挣扎着，拽着父亲的衣服，攀着树干爬起来，艰难地为父亲解开了绳子……

自始至终，父亲没有说一句褒奖喜林的话。父亲沉默着，待喜林费了好大的劲儿解开绳子，父亲才说了一句：回家再说。

从父亲的表情上，喜林看出了不妙，父亲回家后可能要找他算账。尽管他在这件事情上做出了最大努力，事情的结局也不错，但是，毕竟他违背了父亲最初的命令，这对于一向倔犟的父亲来说，是绝对不允许的。要不是那个意外，喜林真的不知道父亲会怎样惩罚他。

那个意外就发生在父子俩下山的路上。

父亲后来才对已经结婚生子的喜林说起那次事件中他所不知道的故事。那次喜林从山下返回来时，三个盗伐者刚刚离开。为了怎样"处置"父亲，他们三个人争吵不休，耽误了一些时间。络腮胡的两个同伙，坚决不同意他伤害父亲，他们认为这样就把事情弄大了，真要抓住是要被枪毙的，他们觉得不值。事实证明这两个人是对的，后来他们都落网了，如果真的杀了父亲，他们一个也活不了。络腮胡一个人占少数，虽然不甘，但还是同意了，他恶狠狠地看了父亲几眼，就随两个同伙逃跑了。

那次意外是络腮胡一手造成的。他刚刚离开，就看到喜林回来了，于是，他悄悄尾随了他们父子俩，找机会将一块大石头掀了下来。当时，喜林已经累得头晕眼花，根本就没有听到石头滚落的声音，是父亲，在危急关头，将他推开了……父亲的右腿，却落下了终身残疾。

络腮胡被判刑10年，喜林也终于知道了络腮胡的真实姓名，他叫徐平原，就住在云雾峰下的徐家集村。他的那两个同伙，也都得到了拘留、罚款的处罚。令人意外的是，徐平原仅坐了一年多的牢，就病死在了里面。

父亲的右腿残了，再也不能巡山了。他找到林场领导，要求提前退休，让喜林接班。林场领导们研究了一下，一致同意了。这件事对于喜林来说，有些意外。他本想去读中专，毕业后像个城里人一样，穿着干净的衣服，体体面面地上班。他从来没有想到过，自己长大后要步父亲的后尘，长年在这深山老林里与山、与树、与盗贼打交道。喜林对护林员的生活太熟悉了，这一年，他虽然只有15岁，却随父亲经历过他这个年纪的孩子不该经历的苦难。喜林10岁那年的冬天，放了寒假后，他天天陪父亲巡山，也陪父亲在山上住。有一天晚上，大雪从天而降，一夜之间就封了山。此后的十几天，雪一直断断续续地下着，积雪越来越厚。雪停了以后，因为气温低，雪一直不化。足足两个多月的时间，爷儿俩下不了山，山下的人也上不来，他们先是断了盐，后又断了油，最后，连粮食也断了。林场的领导想尽了办法，也无法进山。后来，林业部门向武警部队求助，请求借用直升飞机上山救人。当武警到达时，父子俩已经饿了三四天，都奄奄一息了。事后每想起这一段，喜林仍然心有余悸。至于夏天，遇到连阴雨天气，三四天下不了山是常有的事。有时火柴、柴禾都受了潮，连续几天生不了火，爷儿俩就只能吃长了毛的凉煎饼充饥……

但是喜林最终还是平静地接受了这个安排。因为，刚刚和父亲共同面对的这次危险经历，使他对猖獗的盗伐者有了深深的恨意，父亲的伤腿，更让他有了一种与盗伐者斗争到底的决心。他想到世世代代在这片山林守护的祖辈们，再想到违心地嫁给山民的两个姐姐……他觉得，他，他的父亲，他的祖父，他的家族，早已经与这片山林血脉相融、无法分割了。这片山，这片林，是他们整个家族的命。而他的家族，则是这片山林的魂魄。

5

风小了，雪却越下越大了。大片大片的雪片轻盈地、无声地落在地上，转瞬之间，山白了，树也白了，纷纷扬扬飘着大雪的天空也是白的。在一片白色的世界里，那个黑色的人影更加醒目，更加无处藏身了。

悄悄地，喜林离那个人越来越近了。他猜得不错，这个人确实是他的那个老对手。其实，喜林认识这个人。他就是病死在监狱里的那个徐平原的儿子，叫徐敢。徐敢自十几年前开始，就扬言要为父报仇，和喜林敌对到底。曾被毁坏的瞭望塔，被砸烂的门窗和锅碗瓢盆，喜林一直怀疑是他干的。最可气的是，喜林辛辛苦苦地在山脚下培育的一片银杏树苗，足有200多棵，在一夜之间被拦腰斩断。事情发生后，喜林几乎断定是徐敢干的，想报警抓他，但被父亲拦住了。自从徐平原死在狱中，父亲就变得沉默了很多，好像他真的成了杀人凶手。

父亲对喜林说：你多辛苦一下，多起几个大早，把损失补回来，抓人的事，一定要慎重。

喜林看到父亲的眼神中少了很多的霸气，多的是茫然和无奈，甚至还有乞求的成分。

喜林的心中也酸酸的，这么多年了，父亲还纠结在对徐平原深深的自责的愧疚中难以自拔。况且，父亲不是饶舌的人，从来不提这事儿，不向任何人倾诉和释放，只是自己一个人默默地承受着这莫须有的杀人罪责。

徐敢正在用绳子往山下拖一棵碗口粗的树干。喜林想：怪不得后来听不到声音了，原来这家伙已经伐完树，把树头树枝也全卸完了。再晚来一会儿，他就得手了。

徐敢的身形和他的父亲差不多，也是又矮又壮，一根碗口粗的树干，在雪地上拉起来竟毫不吃力。

喜林踩着薄薄的积雪，不远不近地跟着他，接连下了两道山梁，直到徐敢累得气喘吁吁，坐下来休息时，他才突然大喊一声：徐敢！

徐敢浑身剧烈地颤抖了一下，猛抬头，见喜林已经走到面前，吓得爬起来就跑。但他忘了肩上的绳子，刚跑了两步，就被绳子的反作用力拽回来，重重摔在了地上。他就地打了个滚儿，三两把扯下肩上的绳子，爬起来继续跑。

喜林不紧不慢地跟着他，边追边喊：徐敢，你跑了和尚跑不了庙，我认识你，你跑到家也会把你抓回来！

徐敢却跑得更快了，他很快爬上一道山梁，消失在喜林的视线中。喜林紧跑几步跃上山梁，徐敢却不见了。真是奇了怪了，大白天的，周围的树也都光秃秃的遮不住人，一个大活人在眼皮子底下就蒸发了？

喜林正左顾右盼地边下梁子边寻找，忽然听到一阵压抑的呻吟声。他循声找过去，心里不由一喜，这一下，徐敢是插翅难逃了。

原来，在这个山梁子的半截，有一个贮水池，夏天用来拦截山上的溪水和雨水，旱时用来浇树、种菜。到了冬季，这个池子就没有水了，但因为周围的野草有一人多高，又较密实，不熟悉地形的人很容易掉进去。贮水池有两米多深，四面全是水泥抹的，光溜溜的连个抓手也没有，人掉进去，外面没有人帮忙很难出来。

喜林悠闲地坐在贮水池边的一块大石头上，看着徐敢瘫坐在池底一声接一声地叫唤。这时候雪下得更加密了，喜林看到徐敢的头发已经成了白的，就用手抹了一下自己的头发，抹下了一手掌的雪。

徐敢不叫了，他背靠在池壁上，斜着眼睛，盯着喜林。

喜林说：甭看，这次你是跑不了了，我问你，你为什么老是破坏山林？

徐敢"哼"了一声说：你们家欠俺的，你爹欠俺爹一条性命！

喜林笑了，喜林说徐敢你不愧是你爹的儿子，和你爹一个样，又横又不讲理。

徐敢怒道：不准这么说俺爹！

喜林说：要是说你爹欠俺爹一条腿，还算公道，你爹的性命，那是他自己的命。

徐敢说：已经落到你手里了，你想怎么样吧！

喜林说：你都到了这一步，还用把你怎么样吗？乘大雪还没把路封上，我抬腿一走，明天早上你就成了冰棍了！

喜林在附近转悠了一下，想找一件应手的家什。

徐敢以为真的不管他了，有些害怕了，变声变调地大喊大叫起来：你不能见死不救啊！你快回来……

你问我什么我都承认！

……救命啊……救命——

当他真的感到绝望了的时候，喜林才出现在池边上。

喜林找来了一根长藤，他边往腰上系边说：我还以为你真的不怕死呢，是个软蛋呀。

徐敢因为刚才叫得有些失态，这时再也硬气不起来了。他乖乖地按照喜林的吩咐，将藤条系在了腰上，然后，再用双手紧紧抓住。喜林将藤条用力在胳膊上挽了几个圈，再次嘱咐徐敢抓紧了，喊声"起"，一用力就将徐敢提到了池子沿上，徐敢胸部以上已经出了池子，他忽然松开藤条，双手抠住了池边的一块岩石。这一下，喜林猝不及防，身体失去了重心，先是摔倒在池子边的斜坡上，接着滚落了下去！

这一下，把喜林摔得晕了过去……

喜林是被冻醒的，他睁开眼睛一看，自己的身上，已经积了一指厚的雪，而池子的上方，已经空无一人。不用说，那个徐敢，是弃他而逃了。他用双手支撑着，先坐了起来，忽然觉得右脚根一阵剧痛。他试着想站起来，却只能用左脚着地，右脚一落地就痛彻心扉。

坏了，骨折了。他对自己说。其实，他知道自己是用"骨折"来自我安慰。他所面临的困境，远比骨折严峻百倍。虽然他体格一直较好，搁在平日，他在这个池子里爬出去的可能性，也就占三成。当下，池子的上面全是雪，又湿又滑，自己又受了伤，若没有外援，明天早晨他就真的变成冰棍了。

他从怀里掏出手机，看了看，又放了回去。原本就没抱什么希望，这个地方从来就没有过信号，他这样做只是一个习惯。

听天由命吧。他缩在一个角上，狠狠地把衣服往身上裹了裹，尽量保持住体温。他也累了，坐了一会儿，竟有了昏昏欲睡的感觉。他告诫自己，不能睡，要是睡过去，危险就更大了。但是他管不住自己的眼皮，像个瞌睡虫般一下一下点着头……就在他迷迷糊糊似睡非睡的时候，忽然听到一种嚎叫声由远及近，这声音不但短促，还很刺耳，并充满着恐惧。他睁开眼睛，见徐敢惊慌失措地跑了过来，到了贮水池边上，义无反顾地跳了下来。

喜林一下子摸不着头脑了，问道：你疯了？还是傻了？怎么跳下来了？

徐敢脸上惊惧犹存，用手指了指上方，颤着声儿说：狼、狼……有狼……

喜林抬头一看，见他的老朋友——狼，耷拉着长长的舌头，在池边的草丛中露了一下头，就倏然不见了。喜林心下一惊，是他的这位老朋友，把徐敢追回来的？这也太悬忽了，有些像小说了。或许，是徐敢见了狼，没处可逃，只能投奔他，因为在方圆几十里的山林里，只有他们两个人存在。

喜林知道，他们必须尽快离开了，如果大雪封了山，后果不堪设想。他挣扎着用一条左腿站起来，靠在池壁上。

喜林故意说：徐敢，狼已经走远了，我先把你托上去，你再用藤拉我上去。

徐敢把头摇得像拨浪鼓，不不不……我先把你托上去，还是你先上。

喜林笑了，这个胆小鬼。

雪下得更大了，一阵北风加一阵北风，渐渐地有了尖啸的吼声。

在天地一片银白的背景下，徐敢背着喜林，踩着已经没脚的积雪，步履蹒跚地向山下走去。

后面，一匹遍体雪白的狼，不远不近地跟着他们。

这是今年的第一场雪。

绝药

　　傍晚时分，落霞把古城镇的街道涂上了一层金黄的色彩。没有风，街上的一切仿佛都是静止的，从远处看，很像一幅仿古的水彩画。

　　一阵杂乱的脚步声打乱了这充满着诗情画意的宁静。赌场的老板厉长风领着几个保镖从街上匆匆走过，径直来到镇东头开药铺的邵子明家。

　　厉长风叫保镖把好门，一个人慢吞吞地踱着方步来到邵子明坐堂问诊的堂屋里。

　　邵子明60开外，是方圆百里无人不知的名医。这时他正闲着无事，翻看着一本陈旧的医书。一抬头，看见了皮笑肉不笑的厉长风。他赶紧站起来，诧异地问：厉老板，怎么有空到我这小铺面来了？哪儿不舒服？

　　在这个大镇上，没有人敢不恭敬厉长风，他不但家大业大，而且手眼通天，一个电话就能把县上的保安团调过来。当然，这与他那当县长的舅舅也不无关系。至于这个镇上最大的官儿——镇长，除了现任的镇长焦国良不买他的账外，以前的几任镇长，无不对他俯首贴耳。

　　厉长风大大咧咧地坐在椅子上，用一把鸡毛扇子在面前来回晃动着，对站在身前的邵子明视若不见。

　　邵子明尴尬地站在那儿，一时无话。幸好，他铺子里仅有的一个学徒回家了，这场面没人看见。

　　良久，厉长风才拖着长腔问：邵先生，你配制的"夺魂散"还有没有呀？

　　邵子明一惊：厉老板要那东西干什么？

厉长风笑了一下，反问道：你知道明天是什么日子吗？

6月18呀。

好记性、好记性。厉长风夸张地称赞着邵子明：那明天咱镇上有什么大事儿呀？

邵子明沉吟了一下说：是焦镇长的60大寿。

厉长风阴阴地笑了，你说：镇长大人做寿，我能不表示点儿心意吗？

邵子明大惊：你……你……想……

厉长风"哈哈"大笑：你知道了也无妨，反正你这两天也出不了这个门了。

邵子明一下跌坐在椅子上，消瘦的脸上爬满了汗水。

厉长风和新任镇长焦国良素有嫌隙，这是全镇人都知道的事情。焦国良到任前，厉长风在古城镇是要风得风、要雨得雨。他不但开着赌场，还开有烟馆、妓院等生意，很多人被他弄得倾家荡产。厉长风不但脾气霸道，而且好色成性，糟蹋了不少良家妇女。也有人到镇公所告他，但往往是人刚出了镇公所的大门，他就知道了信儿，带几个打手将人拦下打个半死，然后扬长而去。久而久之，人们就明白这古城镇是他的天下了，只能忍气吞声地过日子。但新任镇长焦国良一来，就改变了局面。他上任的第一天，就驳了厉长风的面子，没有去赴他的宴请。几天后，又退回了他送的拜见礼。镇上的人们看到了希望，有人就大着胆子去告状，结果，焦国良全部秉公审理，还关起了厉长风的几个打手。这可是以前从未有过的事儿。厉长风一见事情不妙，就去求他当县长的舅舅。但焦国良不是一般的人，他在县里有着很高的威信，又行得端走得正，没人敢随便动他。这一下厉长风可傻了眼，只能暗暗地发狠，盼着焦国良早早调走或者早死。在做事上，他只得收敛了很多。

今天，邵子明一听厉长风的话意，明白他是想用"夺魂散"去害焦镇长的全家。他擦了擦脸上的汗水，稳了稳心神说：厉老板，这"夺魂散"

本是用来治鼠患的，现在我们这里老鼠已经不多了，所以，店里也一直没再配制。

厉长风"嘿嘿"地冷笑了两声：突然对门外大喝一声，押进来！

邵子明的独生儿子被两个打手五花大绑地推了进来，一把钢刀紧紧地压在他的脖子上。

厉长风放缓了语气说：邵先生，并不是我厉某人成心跟你过不去，只是这世间除了你的"夺魂散"无色无味外，用别的毒药还真的难以得手。

邵子明长叹了一口气，挥了挥手说：你们放了他吧。

两个打手松开了手，把钢刀也拿了下来。

邵子明从床底下拿出一个破旧的木头箱子。他打开箱子，从里面取出一个油纸包，又打开油纸包，拿出了一个葫芦形的瓷瓶。

厉长风一把将瓷瓶夺了过去！然后，他"哈哈"狂笑着出了药店的大门。

两个打手一左一右，倚在药店的两扇门框上。

当天晚上，厉长风就命提前安插在焦府的内线将"夺魂散"下在了第二天宴会用的菜里和水井里。

第二天，焦府张灯结彩，热闹非凡。

厉长风躲在家里，一边喝着一壶上等的铁观音，一边等着好消息。

这一上午对厉长风来说，真的是度日如年。茶喝到乏味，他的耐心也快到了极限，疯了般在屋子里转来转去。

一直等到天过晌午，他派去的人才垂头丧气地跑回来说：焦府什么事情都没有发生，前往道贺的人已经吃饱喝足开始告辞了。

厉长风虚脱了般跌坐在藤椅上。

傍晚时分，忽然就起了风，是东北风，镇街上碎纸、草屑漫天飞舞。

厉长风领着几个打手来到邵子明的药铺里。他派的两个打手还一动不动地倚在门框上守候着，像睡着了。他用手轻轻推了他们一下，两人竟然都倒了。

厉长风暗叫了一声"不好"，俯身摸了摸他们的鼻息，已经毫无声息了。

厉长风大惊，进了屋，见屋子里已经点上了蜡烛，邵子明面带微笑端坐在他平时看病的椅子上，木雕般一动不动。

厉长风一脚先踢翻了一只凳子，正想再动手，忽然觉得喉咙被人勒住了一般呼吸困难起来，他两只手拼命地去掐喉咙，却"咚"的一声倒在了地上。同时倒下的还有他的几个打手。

第二天一早，有人去镇公所报了案。镇长焦国良带人验了尸，一共八具，邵子明、厉长风，还有六个打手。他们身上都没有任何伤痕和勒痕，导致他们死亡的原因是窒息。可在这么大的一间屋子里，又开着门窗，怎么会窒息呢？这桩案子就成了悬案。

几年后，古城镇又闹鼠患。已经失踪了的邵子明的儿子回来了，他献给镇长焦国良很多蜡烛，对他说，这就是我们祖传的"夺魂散"，只要点燃，百步之内可绝鼠患，但人在点燃时应以湿毛巾捂住口鼻，点燃后迅速离开。

直到百年后的今天，古镇也没再闹过鼠患。

歧视的惩罚

我在建筑队的时候，最拿手的活儿是砌砖。

后来，我当了一个小头儿，承包了一个工地，俗称为"掌线"，官称为"工长"，管着百八十个人。

这天，公司的朱副总来工地视察。老朱是八级瓦工出身，行内的砌砖高手，有过一天砌砖2000块的纪录。他在工地转了一圈后，我带他到办公室喝茶。后来，不知道什么原因，我们把话题说到了砌砖方面，互不服气，越说越僵，就换上工作服，爬上脚手架，各起一段墙比试起来。一个小时之后，我和老朱的汗都下来了，但各自砌的那面墙也完成了，工人们评价，不相上下。我们相视一笑，都觉得过瘾。这时已经是中午了，我留老朱吃饭。

出了工地，就有一家新开的"肥羊羊"自助火锅店，每人50元，羊肉管够，啤酒和散白酒可随意喝。我昨天刚在这儿吃过，还不错。我和老朱都累了，就打算在这里"凑合"一顿。谁知，我们刚到门口，就被瘦猴般的老板挡住了，他呵斥我们：干什么的？

我一惊，不怒反笑了：能干什么？打酱油能到你这里来吗？

瘦老板说：不行，来我们这儿消费的，除了公务员就是白领，像你们这种一年吃不了几次馆子的民工，我们接待不起。

我这才发现，我和老朱都没有换衣服，都穿着建筑工的工作服呢。

我赶紧说：我们是搞管理的，只是忘了换衣服，我们不会像民工吃那么多的。

瘦老板把头摇得像拨浪鼓：不行不行，您二位还是别处请吧，要不让保安轰你了！

老朱身家数千万，到哪个大酒店也有漂亮的女经理高接远迎，哪受过这个气，脸都紫了。

我怕他发作起来不好收场，就拽着他离开了。我们到底还是回去换了衣服，然后他开车带我去了一家四星级酒店。

老朱是个有仇必报的家伙，喝着酒，他还是对刚才的事儿耿耿于怀。我也很气愤，表示要"教育"一下那个瘦猴般的老板。一瓶"古贝春"下肚，老朱的坏主意也出炉了。

按照我的安排，第二天一早，大家7点就上了班。

11点，都下了脚手架，然后洗脸、换衣服。

11点30分，所有的弟兄们都进了"肥羊羊"火锅店。把所有的座位都坐满后，还有几个坐不下，就让服务员加了椅子。

瘦老板已经认不出西装革履的我了，见来了这么多人，小眼睛亮得像夜明珠。

大家开始风卷残云般大吃大喝。我的这些弟兄，都出自农村，真像瘦老板说的，一年也吃不了几回馆子，平时都吃五六个馒头，这下逮住了涮羊肉，都往狠里造。半个小时后，菜架子上的羊肉和柜台上的啤酒就都空了，餐厅内一片"上羊肉"……"上啤酒"……的叫喊声。

这一顿吃下来，弟兄们平均每人吃了二斤羊肉，喝了六瓶啤酒。瘦老板的脸都绿了。

第二天、第三天照旧。

瘦老板看出事情不好，第四天，他开始采取措施，让保安在门口拦着。但是区区两个保安，哪里是百十号民工的对手。况且，有些民工，长得也是一表人才，西服一穿，谁也弄不清是干什么的。老板打了

"110"，"110"五分钟就赶到了，一问，民工们很委屈，我们拿钱吃饭，触犯了哪门子王法呀？"110"把瘦老板熊了一顿：这警能随便报吗？再乱报，就算你扰警！

瘦老板的脸像霜打的茄子。

第五天一大早，瘦老板就来到了工地办公室，进门就点头哈腰，求我"高抬贵手"。

我说，我们可以收手，但是，我们工地的午餐费是每人5元，为了"教育"你，我提高到了每人50元，每天多出4500元，四天共18000元，这笔钱得你出！

瘦老板当即就蹦了：你、你这是敲诈！

我微笑着说：你可以报警，可以去法院告我，要不，我们继续去吃，要不，你就关门别干了。

瘦老板的小眼珠子转了几圈，终于泄了气，他小心地凑到我脸前问：能不能少要点儿？我做个小生意也不容易。

我说：我们当民工的就容易了，到处被人看不起，花钱吃饭都进不了门。

瘦老板哭了：我错了还不行吗？我再也不敢瞧不起民工了。

我冷冷地说：做错了事是要受到惩罚的，这就是对歧视的惩罚。

兄弟墓

鬼子一进村，大家就知道，鬼子是冲那批药品来的。

鬼子还是沿用惯用的伎俩，把村里人都赶到一片空地上，周围架上机枪，然后再挨家挨户地搜。搜了半天，什么也没搜着，鬼子的刺刀上却挑满了鸡鸭鹅等活物儿，还有伪军牵着羊、抱着猪仔，畜禽们此起彼落的叫声使沉闷的空气热闹起来。

这批药品是八路军游击队伏击鬼子的运输车弄到手的，还打死了十几个鬼子，所以，鬼子中队长伊田非常恼火。当他们接到线报，药品就藏在这个村里时，就纠集队伍疯狂地扑了过来。

伊田对付中国人的办法只有一种，就是杀人。

天气很热，蝉的叫声使人们更加烦躁。

伊田缓缓抽出了指挥刀，刀在阳光下变成了一道寒光。

伊田说：药品的，就在这个村里，不交出来，统统死啦死啦的！

伊田把指挥刀向下一劈，枪声爆响，站在人群最前面的十几个人扭曲着倒在了血泊中。

伊田把指挥刀向上一扬，轮声停了。

伊田说：药品的，能不能交出来？

人群无声。连孩子的哭声都止住了。

伊田的指挥刀作势欲劈……

慢着！

随着一声断喝，村长从人群中走了出来。

伊田笑了，露出了两个大龅牙。伊田把指挥刀压在村长细瘦的脖子上：你的，知道药品的下落？

村长冷冷地说：知道，药品就是我亲自藏的。

人群骚动起来，有人大声喊：村长，那药品是八路军伤员的命根子呀！

村长像没听见一样，两只闪着红光的眼睛紧盯着伊田的眼睛：只有我知道药品藏在哪儿，让这些无辜的村民都走，我就告诉你。

伊田缓慢而坚决地摇了摇头：你的，必须先告诉皇军药品的下落，这些人才可以活命。

村长犹豫了片刻，点了点头说：好，我可以先告诉你，药品就藏在关帝庙后面的树林里。

人群顿时乱成了一锅粥，叫骂声掩盖了蝉的鸣叫。

村长，你个汉奸！

王八蛋！老子早晚杀了你………

不得好死……

村长的脸剧烈地抽搐了一下，眼里有泪花在阳光下反射着两粒白光。

伊田将指挥刀插入鞘内，向后挥了挥手。

机枪手都撤了下来，包围圈取消了。

人们四散而逃，有两块碎砖头不知从哪儿飞过来，一块砸在村长的脸上，另一块砸在村长的胸上。

伊田同情地拍了拍他的肩头：你的，带皇军去取药品，皇军的，重重地赏你。

村长走在队伍的前面，后面是荷枪实弹的鬼子。

村长走得很慢，边走边回头向村庄张望。伊田有些不耐烦了，接连推了他几把：你的，快快的……

从村里到关帝庙，也就二里路，村长却走了大约半个时辰。

村长带鬼子刚走到关帝庙前，从庙后的林子里飞出了一颗子弹，正击中村长的前额，村长一声不吭地倒了下去。

鬼子的军医赶紧跑过来，摸了摸村长的胸口，又探了探他的鼻息，冲伊田摇了摇头。

伊田恼怒地拔出指挥刀，向小树林一挥！

机枪、步枪、冲锋枪一起向小树林狂扫，树林里变成了一片火海。

伊田在小树林里一无所获，又带领鬼子们赶回村庄时，发现村子里已经空无一人。

伊田垂头丧气地收兵回城，半路上，却遭到了伏击，100多个鬼子，全军覆没。

这次伏击是八路军鲁北支队的一个连和县大队联合干的，战斗结束后，县大队的张政委就命令调查一件事：谁开枪打死了村长？

事情很快查清楚了，是县大队有名的"神枪手"鲁怀山开的枪，当时，他带着几个游击队员就埋伏在村口，本是想伺机营救全村的乡亲的，却因人手少，一直没法下手，就一边差人找县大队汇报，一边继续监视鬼子。没想到，后来村长叛变，竟然带鬼子来关帝庙取药品，他就在暗处打了一枪。

张政委一拍大腿：嘿！这个鲁怀山，真是太莽撞了！那树林里根本就没有药品，药品在村长家的地窖里呢。

但组织上并没有追究鲁怀山，因为情况已经非常清楚，村长是想引开鬼子，让乡亲们免遭鬼子的杀害，等鬼子发现上了当，村长最终难逃一死。而鲁怀山以为村长已经叛变，在那种特殊情况下，实在没有办法也来不及向上级请示，在原则上讲也没有错误。

但是，鲁怀山最终还是知道了事情的真相，当天，他就用那条令鬼子闻风丧胆的"神枪"自杀了。人们在他那枪的枪柄上，发现了他刻下的一行歪歪扭扭的字：枪，是不可以随便开的。

张政委知道了后，半晌无言。

在张政委的主持下，县大队将村长和鲁怀山合葬在了一起，并在坟前立了一块石碑，上面刻着三个大字：兄弟墓。

埋葬了两人后，张政委才眼含热泪对同志们说：大家可能还不知道吧，村长是我的亲生父亲，而鲁怀山同志，是我父亲的结义兄弟呀！

生命的消失

厉求良看到那只狼的时候，他唯一幸存的伙伴陈小米正背对着狼坐在沙地上，从脱下来的旅游鞋里往外控沙子。

此刻正是黄昏，整个巴丹吉林沙漠静如处子。金黄色的夕阳柔和地洒在金黄色的沙漠里，使空气和光线都格外地浓重和华丽。

厉求良下意识地抓起了身边的拐杖，那是一根胳膊粗的胡杨木，沉重如铁，坚硬如铁。狼充满戒备地看了他一眼，又看了他一眼，慢慢地向陈小米逼近了。狼快接近陈小米的时候，恰好遮住了西照的阳光，狼在厉求良的眼里就成了一个通体发光的轮廓，像一幅图腾。厉求良心念一动，放下了拐杖，他一边缓慢地往后挪动着身子，一边从挎包里取出了照相机，安上长长的镜头，对准了狼和陈小米。

厉求良是一个小有名气的摄影家，但他的名气仅限于在他工作和生活的那个城市里，出了那个城市，就没人知道他了。他已经年近五十了，还没有拍出过一幅让自己满意的作品，没有在正规的全国摄影作品比赛中拿过一次奖，这让他十分苦恼。他把作品的平庸归罪于自己平庸的日常生活，正是基于此，当他在省报上看到一家旅游公司组团去巴丹吉林大沙漠进行探险旅游时，就不假思索地报了名。他想，大漠旖旎的自然风光一定会给自己带来素材和灵感。但是，当他一路舟车劳顿深入到大沙漠中时，他感到了失望。他所看到的，全是在一些旅游挂图和图片库中经常看到的景色，毫无出奇之处。更糟糕的是，当他正准备无功而返时，却遭遇到了铺天盖地的沙漠风暴。风暴过后，他艰难地从沙子中爬出来，发现全团十几个人，只剩下他和一个叫陈小米的年轻人了。其他的人，连一丝头发也不见了。

他和陈小米在沙漠里已经跋涉三天了。三天来，他们已经熟悉的像多年的老友。陈小米刚刚30出头，却是一个成功人士了，他的公司同时在供给着10个贫困大学生的学费和生活费，在当地也是很有名气的。

这已经是风暴过后的第三天傍晚了，他们身上的水也喝完了，如果明天再走不出去，那就只有葬身于大漠了。

陈小米已经抬起了头，看到厉求良正用镜头对着他，就笑了，露出了一口洁白的牙齿。

厉求良的手剧烈抖动起来。

陈小米好像感觉到了来自背后的危险，他将头扭向背后。

一刹那间，狼准确地衔住了陈小米的咽喉……

厉求良按动了快门，嚓、嚓、嚓……

整个过程，厉求良拍了20多张，直到把相机里的胶卷全部用完。

狼走了，留下了陈小米残缺不全的躯体，和呆若木鸡的摄影家厉求良。

第二天，厉求良遇到了另外一只探险队，他获救了。

在这一年的全国摄影作品评选中，一组题为"生命的消失"的作品获得了自然类一等奖，但是，获奖者迟迟没有露面。后经与其单位联系，才得到一个令人震惊的消息：获奖者厉求良在接到获奖通知的第二天就失踪了，他在自己的办公桌上留了一张纸条，上面只有两句话：沙漠圆了我的梦想，我要在那里长眠。

宝刀

关子明靠打铁谋生。但他的名气不是因为打铁手艺，而是他有一把祖传的宝刀。

据说，这把刀已经传了十几代了，是当年关羽遇害后，一个崇拜关羽的吴国副将把青龙偃月刀的刀头作材料，经过数月的火炼水淬精制而成，可以迎风断草，削铁如泥。

拥有宝刀的关子明，据说也有一身的好刀术，但是，镇上的人们都没有见过他练刀，甚至连他的刀也没见过。那把刀，终日被关子明负在背上，外面有一个黑色的刀鞘。

鬼子在镇上修起了炮楼子。

鬼子小队长中村嗜武如命。他从一个汉奸嘴里知道了关子明，就找上门来。

盛夏的天气，关子明封了火，正在铁匠铺子里喝大叶子茶。

中村弯腰进了铁匠铺子，他带来的两个兵一左一右，把住了门。

中村问：你的，关云长的后人？

关子明斜了他一眼，点了下头。

中村说：我的，读过三国，非常佩服关云长，可是，我们隔着这么远的时空，没法交流。今天，能遇到他的后人，我的，三生有幸。

关子明这才站起来，双臂抱在胸前：你说，什么事吧！

中村笑了，他缓缓抽出了东洋刀：我的，想和你切磋一下刀法，你的，敢不敢？

两人在铁匠铺门前的空地上站定。

铁匠铺前很快就站满了围观的人。

中村双手擎刀，刀尖冲天，蓄势待发。

关子明一动不动。

中村叫道：拔刀吧！

关子明摇了摇头，从门前的柳树上折下一根小拇指般粗的柳条儿，用手一撸，碧绿的柳叶儿撒了一地。

中村怒道：你的，敢藐视我们大日本帝国的东洋刀法？

关子明一笑：你尽管来吧！

中村嚎叫一声，东洋刀闪电般向关子明头顶劈了下来！

关子明手腕微微一动，那枝柳条儿带起一股清脆的风声，后发先至，击在中村的双腕上，东洋刀劈至半路，便软软地落在地上。

中村诧异地看了关子明半晌，说：关，我想领教的，是你的刀法。

关子明说：如果我拿的是刀，你的手还在吗？

中村脸红了，但他仍然坚持说：我的，是想看一下你的宝刀！

关子明说：可以，等你赢了我。

中村叹了一口气，走了。

周围爆发出一片暴雨般的掌声。

此后，中村多次来挑战，均大败而归。

而且，关子明从未拔出过他的那把宝刀。

关子明名声大噪。

后来，八路军武工队的邢队长被组织上安排在镇上养伤。由于叛徒告密，泄露了风声，中村带着一小队鬼子兵在镇上挨家挨户搜查。当搜到关子明的铁匠铺时，关子明一尊铁塔般站在门口，一动不动。几个鬼子刚一靠前，他就将手伸向肩后，握住了刀柄。鬼子吓得连连后退。

中村冷笑道：关，你终于肯拔刀了！

关子明摇了摇头：你的，不配。

中村狂怒道：关，你的明白，今天不是和你私下比武，而是执行大日本皇军的军务，希望你能识相点。

关子明像一棵树，就长在了门口。

中村一挥手：开枪！

几个鬼子端起三八大盖，瞄准了关子明。

关子明探手入怀，然后一扬手，几只飞镖同时飞了出去，鬼子们还没来得及拉开枪栓，就倒在了地上。

中村向天开了一枪，一大队鬼子拥了过来。

中村笑道：关，我的，今天一定要见识见识你的宝刀。

他冲鬼子们说了一通日语，鬼子们都退下弹夹，挺着刺刀向关子明扑了过来！

关子明拳脚并用，在鬼子们的刺刀中穿插自如，鬼子只要挨近他，他或掌劈或拳打，都是一招命中要害，片刻之间，已经有十几个鬼子尸横当场。

鬼子越聚越多，明晃晃的刺刀逐渐将关子明逼到一个墙角，由于可供周旋的空间越来越小，他的大腿上和胸脯上都被刺了一刀。

中村在圈外狂笑道：关，你的，再不拔刀，就死啦死啦的。

关子明伸手握住了肩后的刀柄。

鬼子们忽然退潮般，纷纷向后退了十几步，个个面露恐慌。

借此机会，关子明从地上捡起一支枪，将枪刺卸了下来。

鬼子们见他没有真的拔出宝刀，复又扑了上来！

一场恶战，血肉横飞。

当最后一个鬼子兵倒下时，伤痕累累的关子明也倒了下去。

中村得意地走过来，用手枪指着他道：关，你的刀，要归我了。

一声枪响！

中村倒在了血泊中。

是藏在铁匠铺的武工队邢队长开的枪。

邢队长扶起奄奄一息的关子明，不解地问：都到了生死关头，你为什么还不拔刀？

关子明苍白的脸上掠过一丝笑容，他艰难地握住刀柄，将刀拔了出来……

竟然是锈迹斑斑的一把柳叶刀！关子明轻轻一抖腕子，刀片竟从刀柄处断了。

邢队长不解地看着他：这就是你祖传的宝刀？

关子明惨然一笑，这刀，在鞘里，是一把祖传的宝刀，能震慑敌胆；拔出来，就是一张生铁片子……所以，宝刀，只适合待在鞘里。

百年魔咒

WODEMINGZI

JIAOYING

飘飞的汇款单

杨树屯是个穷村。杨树屯的特点是光棍特别多，尤其是冬闲时节，光棍们都聚在村委会的门口晒日头、扯闲篇，一聚就是十几个、二十几个，已经成为本村的一大景观。

越是光棍多的村庄，就越难找到媳妇。这其中的原因，除了因为村里光棍多出了名，姑娘们不敢垂青外，还有一个非常重要的原因：那就是打"破头血"的特别多。打"破头血"是鲁西北一带的方言，也叫"扒瞎"，就是把别人的好事搅黄的意思。打"破头血"的人，多为光棍的父母，因为身为光棍的父母，村子里的光棍越多，他们的压力就越轻，如果别人家的光棍都娶上了媳妇，那自己的孩子可就孤单了，那自己就显得太窝囊太无能了。因此，就使出吃奶的能耐来从中搅和。这样一来，村里的小伙子只要过了二十三四岁，被打入"光棍"的行列后，就很难再有娶上媳妇的可能了。

村西头的四顺子有三个儿子，老大已经26岁了，还打着光棍。而且如果老大打了光棍，老二、老三的媳妇更是炮仗扔到水里——想（响）也别想。村里就有和四顺子不相上下的老哥仨儿，50上下了，至今还都"棍"着。因此，四顺子的三个儿子打光棍那基本上是铁板钉钉的事了。

但令村人意想不到的是，四顺子的大儿子居然进了城，说是跟他姑夫学做生意去了。那年月还没有出门打工这种事，所以能进城就很令人羡慕。更令人意想不到的是，一个阳光明媚的上午，乡邮局的投递员骑着绿色的自行车飘然而至，问晒日头的人们：杨四顺在不在？四顺子便大声地喊：在呢，在呢。投递员一边从文件夹子里取出一张绿色的汇款单，一边说：有汇款，回家拿手戳。四顺子便屁颠屁颠地跑着回家取手戳了。人们便都围上去看那张汇款单，一看，便咋舌：好家伙!300块哪！顶一个乡干部三个月的工资哪！一看汇款人的名字，竟然是杨四顺的大儿子！人们便赞叹：哎哟！人家的孩子怎么这么出息呀！

自此，每到月初月末这几天，投递员便翩然而至，来了就喊：杨四顺，拿手戳！自从第一次接到汇款，四顺子就把手戳柄部钻了个眼儿，用一根麻绳穿了，系在了裤腰带上。他总是边从裤腰带上解手戳边对周围的人说，这样方便，省得老回家去拿。好像他们家天天来汇款。

四顺子的大儿子出名了，成了周围无人不知的大能人。不用说，提亲的踏破了门槛。

但四顺子并不张扬，有媒人来，他就笑，就说：俺家可嘛也没有，穷着哪！媒人也笑：人家不论穷富，就图一个人。

提亲的太多了，这四顺子一家竟挑花了眼，不知订哪家好了。后来，邻村有一家托媒人捎来了话：只要亲事能成，可以不要彩礼。四顺子一听，这才到城里把大儿子领了回来。大儿子人长得帅气，又穿着和乡下人不一样的西服，就更加鹤立鸡群。女方看了一百个满意，像怕女婿跑了似的，前脚订了亲，后脚就催着娶，于是，不到一个月，新媳妇便进了门。

大儿子娶上了媳妇，主要任务是延续后代了。大儿子便把城里的生意交给了老二，一心一意在家里一边侍弄庄稼一边侍弄媳妇。

老二去了城里后，不负众望，每月仍有绿色的汇款单飘然而至。

提亲的人再次踏破了四顺子家的门槛。四顺子仍哭穷，仍然咧着嘴说：俺家里可嘛也没有呀！媒人就笑：人家还不是图你家的小子有能耐吗？人家不要彩礼……

不出两年，四顺子的三个儿子都娶上了如花似玉的媳妇，嫉妒得一村人眼红。四顺子的儿子不再去城里做生意了，说是城里的生意不好做了。四顺子就带着一帮儿子、儿媳搞养殖，养鸡、养鸭、养猪，日子眼看着就红火了起来。不出五年，四顺子给三个儿子每人盖了一处红砖到顶的新房子，三处新房子在全村的土坯房衬托下更是鹤立鸡群。

四顺子日子过好了，就染上了饮酒的嗜好，整天满脸带着红光。儿子儿媳们当然不敢说什么，老爷子是全家的有功之臣呀！

在一次酒后，四顺子说出了心里埋藏了很久的秘密。四顺子说：城里的钱哪那么好挣呀，那都是孩子他姑夫的钱，汇过来，我再给他汇回去，下个月，再汇过来，就这么倒腾倒腾，儿媳妇就自动上门了……这有了人气，还愁日子过不好吗？

村人才恍然大悟，都骂四顺子是一只狡猾的老狐狸，是大骗子。但骂过了，又一琢磨，人家的日子确实过到了全村人的前头，还得说人家有本事呀！

《卖油翁》新编

冬天无事，被村人称为"小精人"的赵小利睡到日上三竿才起床。他正想上茅厕，大门外传来了叫卖豆油的声音。

赵小利出了大门，见一高大的魁梧汉子推着独轮车，边走边吆喝：打油喽……打油喽……独轮车的两边放着俩油桶，恐怕每桶不下百十斤。汉子穿着极为破旧，身上的衣服补丁摞着补丁，四方大脸，表情略有些痴呆。

赵小利问：你的油多少钱一斤？

那汉子憨憨地答：一块五。

赵小利说：人家别人卖的可都是一块四。

那汉子又笑说：一块四就一块四。说着话，放下车把，把车停稳。

赵小利见汉子答应得爽快，暗暗后悔价给得高了。他见桶沿上挂着油壶子，就搭讪着问：你这一壶子多少？

那汉子将壶子摘下来说：一壶子四两，两壶子半斤。

赵小利以为自己听错了，往前探了探头又问，多少？

那汉子说：一壶子四两，两壶子半斤。

赵小利重新打量了一下那汉子，问：大兄弟，你是哪个村的？

汉子不好意思地搔了搔后脑勺说：远了去了，东北乡刘胡庄的。

赵小利说：哟，这可三四十里呢。大兄弟怎么称呼？

汉子说：俺原本叫刘大青，俺村里人都说俺傻，都叫俺刘傻青，反正你进村一说找傻青都认识。说完，就摸着后脑勺"嘿嘿"地傻笑。

赵小利回家拿来了塑料油桶，说：看你这么远也不容易的，就打五斤吧。

那叫刘傻青的汉子就给他整整打了20壶。赵小利迅速地从心里算了算，一壶子四两，两壶子是八两，20壶子就是八斤，他正好多给了三斤油。付完钱，赵小利回到家里，赶紧拿出秤来称了称，果然，整整八斤，秤杆还撅得老高。

中午，赵小利让老婆用新打的油炒了个菜，嘿，这油还真是不折不扣，香着呢。

不到半天，赵小利打油占便宜和"一壶子四两，两壶子半斤"的故事就传遍了整个村子。

村里有好事的女人便三三两两地涌到赵小利的家里。每来几个人，赵小利都会声情并茂地讲傻子卖油的故事，听得人直咋舌，都说：这个人，还真是个傻青。有人还拿起赵小利盛油的塑料桶子左看右看地研究那油。赵小利便极得意地叼着烟，坐在椅子上吞云吐雾。后来，不知谁突然说了一句：不知那个傻青还来不来？

这一下，引起了众人的兴趣，都攒足了劲，等那傻青来了后多买点儿。最后，众人一致决定，不管谁看到那个傻青来卖油，都不准自己吃独食，得挨家送信。

村人们望眼欲穿地等了半个多月，那个汉子真的又推着独轮车来了。

最先看到他的是支书的女人王香香，王香香一看见他，就觉得很像赵小利说的那个人，王香香就问，哎，卖油的，你的油是一壶子四两、两壶子半斤吗？

那汉子放下车把，不好意思地摸了摸后脑勺说：是的是的，一壶子四两、两壶子半斤，都卖了好几年了。

王香香大喜，一边风一样跑回家拿了个大油桶，一边嘱咐男人从大喇叭上给广播一下，就说卖油的来了。

不消一刻，小小的独轮车旁就围满了打油的人。

那叫刘傻青的汉子可忙坏了，不断地打油、收钱、找钱，大冬天的，竟忙出了一脸的汗。

两大桶油，足足有200斤，就在一袋烟的工夫全部打完了。还有一些没打到油的，不甘心地围在独轮车旁问那汉子：还来不？

那汉子就憨憨地笑，一边擦汗一边说：来，来，不来油卖给谁去。

汉子在众人恋恋不舍的目光中推着他的独轮车走了。

中午，家家户户的房顶上都飘起炊烟的时候，打了油的人们都拥上了街头，聚到了刚才打油的地方。人们中午都用新打的油炒了菜，却一点儿香味也没有。她们打的，是几毛钱一斤的菜籽油还兑了一半的水，这个当可上大了。

人们忿忿地怒骂了一通那挨千刀的汉子后，有人忽然说：赵小利怎么没出来？

又有人说：好像打油的时候也没见到他。

人们又都涌到了赵小利的家里。

赵小利仍然叼着烟吞云吐雾，等众人说完了骂完了之后，他才不紧不慢地说：这一次，我一斤也没打。

王香香问：你怎么不打？

赵小利说：我总琢磨着不对劲儿，我还想起了那句老俗话：南京到北京，买的不如卖的精啊。

众人一听，又纷纷指责他：你怎么早不说，眼看着我们这些乡亲上当？

赵小利冷笑了一声说：早说？早说你们谁肯听我的？你们能放弃到手的便宜吗？

众人哑然。少顷，尽散。

绑架

已经是第三天了，送钱的事儿还毫无消息。

二贵看着被绑在角落里的苟三，一根接一根地抽着劣质香烟，眼睛里布满血丝。

兄弟，给我一根烟吧。苟三哀求道。

二贵一言不发，从口袋里掏出已经挤扁的烟盒子，里面还有五根烟，全被挤得不成样子了，就像二贵现下的生活。二贵从中挑选了一根保留得较好一点的，送到苟三的嘴里，然后，替他点上。

二贵绑架苟三，纯属无奈。二贵是一个民工，常年在外面打工，结果妻子在家红杏出墙，后来抛下7岁的儿子跟一个男人跑了。二贵只得把儿子接到他打工的城市，送进了一家条件很简陋的私立小学。本来，爷儿俩在一起也挺好的，尽管儿子的学费用去了他每月收入的三分之一，可只要儿子在眼前，二贵就觉得这日子有盼头。不幸的是，眼下，儿子病了，住在本市的中医院里，医院张口就要5万元的押金，缴不上押金，医院就不安排手术。

二贵借遍了所有能借到的工友、老乡，只凑了1万多元。这些工友、老乡也都是建筑工地上的农民工，每到过年老板才发薪水，平时只发一点儿可怜的生活费。

被逼无奈的二贵决定铤而走险。在选择下手目标的时候，二贵想起了苟三。苟三是一个商人，年近50，这几年赚了不少钱，在郊区一个风景秀丽的地方建了一栋别墅，娶了一个20多岁的漂亮女人。二贵之所以想到他，是因为那栋别墅是二贵他们给建的。当时二贵还想，在这么个前不着村后不着店的地方过日子，如果碰到个什么事儿，喊破喉咙也没人听见呀。

二贵在苟三门前的树林里守了两天两夜，终于发现了苟三的一个习惯。苟三喜欢晚饭后在他别墅附近的野地里散步。于是，第三天，苟三刚一出门，就被二贵罩进了一只麻袋里，然后，二贵扛着他就跑。苟三在里面又喊又叫，又扭又踹，但丝毫不起作用。二贵一口气就把他扛到了这里。这是荒野里的一个砖窑厂，由于现在地方政府不允许再烧砖，窑就废弃了，但窑洞内很宽敞，且空无一人。二贵就把苟三扔在了一个不易发现的偏窑里，然后，掏出手机，让苟三给他老婆打电话，拿5万元钱赎人。

苟三给老婆打完电话后，居然笑了。苟三说：兄弟，你可把我吓坏了，我以为你要多少钱呢，这区区5万元钱，用得着使这种手段吗？

见二贵不出声儿，苟三又说：你知道你在干什么吗？这是绑架，是犯罪，看你的样子也不像坏人，你要真的有难处，找到我的门上，我会送你5万元的，你何必冒这个险呢。

二贵羞愧地低下了头。过了好久，他才含着眼泪把儿子的事儿说了。

苟三叹了口气说：你也不打听打听，我一年光救助穷困学生，就要掏几十万，你遇到这么个难处，给我说一声，我能不给你吗？你这么做是在毁自己呀。

二贵咬了咬牙说：只要儿子的病治好了，我就去自首。

苟三摇了摇头说：你自首了，你儿子怎么办？

二贵蹲在地上，双手拼命地抓自己的头发，一会儿，就落了满地的碎发。

苟三说：好吧，等钱送到了，我们就分道扬镳，这件事儿就当没有发生过。记住，以后可千万不能再干这种蠢事了。

二贵一个劲儿地点头。

三天过去了，两个人吃完了二贵准备的所有食物，钱却仍然没有送到。

电话每天都打，苟三的老婆每次都应得好好的，说是一会儿就送到，但却一直不见人影儿。

苟三有些担心了，他问二贵：这个娘们儿，她不会是报警了吧。

二贵用两只疲惫的眼睛直勾勾地盯着他，却一言不发。

苟三又说：不会的，她不会拿我的命做赌注的。

其实，二贵已经从内心里可怜起这个有钱人了。

就在刚才，女人给他发了一个短信，让他做掉苟三，她付20万元。

二贵在心里掂量来掂量去。

苟三捐助穷困学生的善举二贵早有耳闻，在为他家建别墅的时候，二贵和工友们每天下了班后，谈得最多的，除了女人，就是苟三。

可是苟三怎么偏偏就娶了这么一个恶毒的女人呢？

二贵掏出匕首，走近了苟三。

苟三一惊，叱道：兄弟！别干傻事！你儿子还等着你呢。

二贵几下将苟三身上的绳子挑断，叹了口气说：我们都是可怜人呢，你有钱又怎么样？

说完，二贵扔下匕首，头也不回地走了。

直到走出这片窑场，走上乡间小路，二贵才有些害怕起来。毕竟，是他绑架了苟三，如果苟三报了警，自己"进去"是小事，儿子怎么办？

他开始留意过往的车辆，想打车尽快赶到中医院，然后带儿子逃回老家，到了老家，兴许能在街坊邻居和亲戚们手里凑足儿子的手术费。

可在这荒郊野外，连辆出租的影子也见不着，私家车过去了几辆，可二贵怎么摆手人家也不停。二贵只得撒开脚丫子猛跑起来，累了，就靠在树上歇一会儿。跑了三个多小时，终于到了城边上，也终于打上了一辆出租。

二贵赶到儿子的病房时，发现床已经空了，一个护士正在收拾。他感到有些不妙，颤着声儿问：这床上的小孩呢？

护士边忙活着边说：进手术室了，估计这会儿快做完了。

二贵又找到了手术室，儿子刚好被推出来，见了他，微弱地叫了声：爸爸！

二贵的眼泪像小溪一样淌了下来。

推车的护士摘下了口罩，高兴地对他说：你儿子的手术非常成功，疗养一个多月就可以出院了。

二贵诧异地问：那，钱怎么办呢？

护士也诧异地问：你不知道吗？有位姓苟的先生刚刚为你缴了10万元，连后期的疗养费也足够了。

二贵脑子里灵光一闪：是他，一定是他。

二贵对儿子说：儿子，你在病房里等着爸爸，爸爸出去一下。

二贵想，等会儿见了他，一定给他磕个头，向他发誓，这钱我一定会还！同时，还要告诉他，注意身边的那个女人……

可二贵刚出了医院的楼梯间，就见两个警察冲他走了过来。后面跟着的，是苟三，整张脸上写满惋惜。

百年魔咒

柳四爷一看这满桌子黄澄澄的金子，就知道自己的死期到了，不由得心里一阵悲凉：自己刚刚四十过五，怎么就摊上了这档子事呢？

柳四爷是今儿一大早被几个小匪从被窝里掳来的，说是给他们卧虎山大当家的干点儿活去。柳四爷心里虽然害怕，但知道也不至于送命。前年，卧虎山的压寨夫人生孩子，就是从柳四爷的村子里请的接生婆，听人说，那接生婆不但毫发未伤，临回，还是被轿子抬下山的，还带回了成匹的绫罗绸缎。

柳四爷是当地有名的金匠，他原以为，土匪让他上山，无非是给女人打个钗呀坠呀项链呀，或给匪崽子打个项圈金锁什么的，他做梦也想不到，摆到面前的，竟是这么一大堆的黄金。这些黄金全是成品，除了女人孩子佩戴的金首饰外，还有金佛、金香炉、金碗等，五花八门，一看就不是正路上来的。

卧虎山大当家的绰号"下山虎"，黑脸，长一脸大胡子，虎背熊腰，说话声音不高，但掷地有声，他盯着柳四爷的眼睛说：柳四爷，今儿咱要辛苦你了，这些金货，要全熔了，打成一般大小的金条。

说着，将一根沉甸甸的金条扔在了柳四爷面前的石桌子上，金条发出一声脆响，然后剧烈抖动着，发出嗡嗡的鸣响，少顷，才安静下来。随着那鸣响，柳四爷全身剧烈地颤抖起来。

柳四爷开始磨磨蹭蹭地支炉、起火、熔金。他明白，金条打完之日，就是自己离开人世之时。金匠行里，只要谁接了大活儿，在世的日子就要按天数了，活儿干完，人必死无疑。这是金匠行不成文的百年魔咒，已经被很多同行前辈验证过多次了，根本无一幸免。柳四爷的父亲，是给县衙门接走的，那一年，他的父亲已经年近六十。柳老爷子在县衙门待了七天后，就被送了回来。接走的是活生生的人，送回来的，却是一具僵硬的尸体，说是中毒身亡。当然，和尸体一同被送回来的，还有一份厚礼。柳四爷的师叔，是被县龙盛商行的朱老板派人接走的，在那里整整待了十天。后来，就有人回来报信，说是他忽然得了失心疯，自己跳崖摔死了，连尸体都没找到，估计是让野物儿给祸害了。最后，龙盛商行赔了一大笔钱，这件事也就了了。

"下山虎"每天都要来柳四爷干活的山洞里看几眼，见柳四爷干得很慢，也不催促，临走说一句：你尽管慢慢干，咱不急。

尽管柳四爷干得很慢，但到了15天上，还是把金条全部打成了。几百根金光闪闪的条子整齐地码在石桌子上，煞是灿烂。

"下山虎"看了看这些金条，又看了看柳四爷，笑了，柳四爷，真是名不虚传哪！来人！

柳四爷的脸当即就白了。

却见一个小匪，手托着一个木头托盘呈了上来，托盘上面平展展地铺着一块红布，红布上面摆着高高的两摞子大洋，足有100块。

柳四爷疑惑又胆怯地看了"下山虎"一眼，不知他葫芦里卖的什么药，没敢接。

"下山虎"亲自用红布把那大洋包了，递给柳四爷，并笑道：柳四爷活儿干得地道，咱这当土匪的也讲究讲究，一点儿小意思，请笑纳吧。

柳四爷迟疑地将大洋接了，仍然不敢相信这是真的，就颤颤地叫了一声："大当家"，我……

"下山虎"忽然就明白了，哈哈大笑道：柳四爷是吓坏了吧，咱这里没那些丧良心的破烂规矩，山下的有钱人，无论官商，都有见不得人的鬼勾当，怕露馅儿，咱是他娘的土匪，咱连官兵都不怕，难道还怕有人听了信儿，上山来抢咱的金条不成！

言罢，仰天一阵狂笑。

柳四爷这才明白自己确确实实是捡了条命，当即谢过"下山虎"，就急匆匆地往山下奔去。

"过山虎"在后面喊：不用跑这么急，咱是大老爷们，说过了的话，不会反悔的。

柳四爷好像没有听见，仍然急匆匆地向山下跑，逃命般。

下了山，在进镇子的路口，正遇上赶脚的陈二狗。柳四爷说：陈二，快扶我上驴。

陈二狗一边将柳四爷扶上自己的毛驴，一边说：唉，柳四爷今儿怎么豁出去了，舍得雇驴了？

柳四爷说：少说没用的，快送我回家。说完，就双手捂胸，趴在了驴背上。

陈二狗见事儿不妙，以为他病了，就紧抽了几鞭子，小毛驴得得得地快跑起来，不消一刻，将柳四爷送到了家。

柳四爷进门一看，院子里正有人给一口棺材上漆，而他的女人孩子，都已经披麻戴孝了。

众人见了他，先是一惊，后都纷纷围上来问：四爷，你竟回来了！你怎么活着回来了……

柳四爷双手分开众人，进了屋，往炕上一躺就对女人说：快把人都赶走，关门落锁。

等屋子里就剩下自家人时，柳四爷黯然说：我以为这一去必死无疑了，谁知，那"下山虎"竟放了我。

女人和孩子们围在他面前，都一脸的惊喜。

柳四爷叹一口气，眼泪便下来了。他哽咽着说：可是，我还是没命活，我、我不该在最后的一天，吞了一大块黄金呀——

言罢，口中狂喷鲜血，气绝而亡。

屋门发出一声大响，闯进来四个短打扮、持短枪的小匪，为首一人走上前来，对女人说：奉大当家之命，一来吊唁，二来取回山上的东西。

言罢，那小匪持一把牛耳尖刀，在柳四爷的腹部插入，一旋，一挑，一块金块就跳到他的手上。

女人和孩子们都吓傻了，一声都没吭，一动都没动。

那持刀的小匪一招手，几个人同时消失了。

蛇杀记

钱如是，成功商人。女儿在国外读书，夫人伴读，自己独居郊外的一幢别墅里。

钱如是常年出入星级酒楼，吃厌了山珍海味，经常面对满桌佳肴，无从下箸。

一次去南方出差，偶尔尝到蛇宴，觉美味可口，归后仍念念不忘。但因北方人不吃蛇，各酒楼饭庄都不经营蛇菜。钱如是口馋难耐，竟想起了"自己动手、丰衣足食"那句名言。于是稍有闲暇，便持自制的蛇钳，手提藤篓，于田头沟沿上捕蛇。因当地无人捕蛇，蛇较多，钱每次出门均有猎获。北方无毒蛇，故无危险。

每次捕蛇回来，钱如是都亲自动手，剥皮、切段、洗净后，或红烧、或清炖、或辣炒、或黄焖，变着花样地做着吃，竟久食成瘾。

一初秋傍晚，钱如是在徒骇河堤下的草丛中寻蛇。忽见一大一小两条红花蛇正缠在一起嬉戏，遂伸钳挟之，先挟住了那条大蛇，小蛇慌忙往草丛深处遁逃。钱如是将大蛇放入藤篓，捂上盖子，疾步去追小蛇，小蛇并没跑远，追上，钳住"七寸"，捉了回来。他打开藤篓，正想将小蛇放入，不想，那大蛇竟猛然蹿出，夺路而逃！钱如是把小蛇扔进篓内，捂严盖子，又去追大蛇。大蛇游动极快，几次下钳都没钳住，便挥钳砍之，竟砍下五寸多长的一截尾巴，那蛇负痛之下，游得更快，几下钻进草丛不见了。钱如是又寻良久，未果，只得捡起那截蛇尾，悻悻而归。

当晚，钱如是将小蛇处理干净后辣炒了一盘，自斟自饮了一瓶干红，酣然入梦。二日晨，忽忆起昨天的那截蛇尾，便想拿来剥皮剁了，暂存冰箱，待再抓住蛇时一起烹了。不想，蛇尾竟然不翼而飞了。哪去了呢？钱如是不喜宠物，只养了一条德国"黑背"，用铁链拴在院子门前，无法靠近厨房。钱如是因是独身生活，对安全尤为注意，每入室均随手关门，睡前检查门窗锁，野猫野狗更难入内。正犯疑惑，电话铃响，接完电话，他匆匆出门，去见一重要客户。蛇尾之事，遂忘。

一日晚，钱如是在睡梦中，感觉有人在勒自己脖颈，惊醒后，按亮床头灯，见一条大红花蛇正缠在自己的脖子上，他顿觉魂飞魄散，拼命用双手掰扯，但蛇身油滑，用不上力，他便摸索着用力捏住蛇头狠攥，欲逼蛇松劲，蛇却勒得更紧，他眼前一黑，万事皆休。

钱如是醒来，已是第二日中午。那蛇还在他的颈上缠绕，却软而无力了，他在生命的最后时刻杀死了蛇，并缓了过来。将蛇掷于地上，细看，蛇尾巴五寸处，有一圈明显的接痕，忽回想起那段丢失的蛇尾，顿心下骇然：蛇竟然找到这里自行续上了断尾，生命力太顽强了。

钱如是将死蛇丢在厨房的地上，开车去外面参加一饭局。

下午归来，他来到厨房，想把那条蛇剥了，伸手一提，轻飘飘的，竟是一张蛇皮。

钱如是冷汗袭身，蛇竟缓过来，跑了。他知道，那条蛇是来复仇的，它不会轻易放过自己。自此，每到晚上，钱如是便心惊胆战，不敢睡觉，他一闭眼，就觉那条蛇又缠上了脖颈。只好经常请朋友来家里喝酒、搓麻，用各种理由留朋友住下来，为己壮胆。

冬日来临，钱如是终于松了一口气。他知道，蛇是要冬眠的。

钱如是恢复了正常生活。

钱如是死于第二年的夏天。他的颈处有明显勒痕，警察便断定他是被人勒死在床上的。但门窗都锁得完好，没有一点儿被破坏的迹象。现场亦没有任何痕迹，侦破工作受阻。

此案一直悬而未破。

逃逸记

　　鲁北商人严士高，爱好驾车，虽腰缠万贯，却不聘司机，自驾"宝马"出入各种场合，酒后驾车已成家常便饭。

　　一夏夜，严士高连赶了两个酒场，饮酒过一斤，归时，已是晚十点有余。行至徒骇河堤上，酒意上涌，醉眼朦胧，仍勉强支撑。忽听一声惨叫，极其凄厉。忙踩刹车，下车借灯光一看，一女孩倒在车前，满脸鲜血。顿大惊，酒意已去半。他蹲下身子，仔细观望，见女孩上穿黑色西装，系红领带，下身着一黑色短裙，胸前佩戴一标牌：万春大酒店领班黄盈盈。严某激烈思索一番，终不想承担酒后肇事之重责，瞅前后无人，遂驾车逃逸。

　　几日后，严士高外出应酬晚归，行至城乡结合部一荒凉路段，忽见车前方现一行人，急踩刹车，按下窗玻璃，正想叱责，见前方竟空无一人。他将车灯全部打开，不断变幻远近灯光，疝气大灯将路面照得亮如白昼，仍不见人影，疑是花眼，遂上车继续前行。刚刚提速，那人又出现在前面，依稀是一女子，穿黑色短裙、着黑色西装。他连连摁动喇叭，那女子却依然慢慢行走，并不避让。他将车刹住，下车，正欲谩骂，人又消失。他再次上车，刚将车启动，那女子又现车前，轻飘飘地行走在马路中央。严士高已觉有异，决定从一侧绕过女子。不想，那女子犹如背后长了眼睛，严车靠左，她靠左；严车靠右，她靠右。严再下车欲与之理论时，人又消失。如是三番，严士高怒而生恶，加大油门，朝那女子后背撞去！一声巨响，那车竟撞在一棵大树之上，严士高从前挡风玻璃甩出，顿时魂归西天。

　　第二日晨，出现场的民警看到一辆"宝马"车撞瘪在一棵大杨树上，车主被甩在路边的一座新墓前，尸已僵硬。墓前立有一碑，碑上有字如斯：爱女盈盈，年方二十，夜遇车祸，身负重伤，贻误抢救，不治身亡，为父心碎，立碑纪殇。立碑人：黄××。

鸡香记

笔者幼年家贫，长到8岁，尚不知鸡肉为何味。

人问我：什么最好吃？

我答：油条。

问的人便笑，听的人也笑。笔者不知所以，也笑。

一个周日，去同学家做作业，至中午，收拾书包回家，经灶屋时，一阵异香扑鼻而来，肠胃一阵翻滚，咕咕作响。问同学：什么？这么香。同学答：俺娘在炖鸡。说罢，瞅见他娘不在，领我进了灶屋。一口大锅上，压着木头盖子，香气正从盖子周边和木头缝隙里溢出来。同学掀开盖子，探手入内，抓了一块鸡肉出来。那肉正烫，他受热不起，赶紧放到我的手上。我也经受不起，遂填到口中，虽烫得"咝咝"吐气，仍觉奇香无比，几口吞下，连骨头也未吐出。回家后才觉口痛，拿镜子一照，舌头上竟烫了两个大泡。自此，才知鸡肉乃世间最好吃的东西。

母亲常年养鸡，用鸡所生之蛋，换来平日所需之油盐酱醋。那时，农村多狸子、貔子、黄鼬等物，常来偷鸡，防不胜防。每丢一鸡，母亲必伤心数日。因此，不敢心存吃鸡之奢望。

一日凌晨，鸡叫之声兀起。母亲打开屋门，边呵斥边拿手电筒往鸡窝处晃动。一只黄鼬拖着一只鸡，逾墙而走。天亮后，母亲沿着血迹，找到屋后的苇子湾里，寻回半只黄鼬吃剩的毛鸡。母亲将鸡褪了毛，剁成块，洗净，在大锅内炖出了满院子的香气。兄妹4人，每人分了半碗，吃得风卷残云，滴汤不剩。

这年秋后，玉米入库，小麦播种。一只鸡吃了拌了农药的麦种，摇摇晃晃地回到家中，一头栽倒。我大喜，依稀闻到了鸡肉的香味。母亲却不慌张，拿了一把裁衣用的剪刀，划根火柴，把剪刀烧了烧，算作消毒。然后，将鸡抱在怀里，用剪刀铰开鸡膆子，把里面的麦粒子全部清出，又用清水反复冲了冲，然后，往鸡膆子里塞了几粒玉米，用缝衣针一针一针地缝合。母亲给它做完"手术"，将它放在了鸡窝前的草窝里，就不再理会。那鸡始终如死了般，半睁半闭着眼，一动不动。我觉得它必死无疑，便拿一支马扎坐在旁边，静静地瞅着它。秋阳照在鸡的羽毛上，反射着柔和的光泽，我忍不住用手在它的羽毛上摸了摸，光滑，柔软，一如用新棉花刚刚做成的被子。我的手刚刚离开，它竟动了动。我以为看花了眼，仔细看时，它的小眼睛已经睁开了，眨了又眨，然后，它缓缓站了起来。我甚感遗憾，到了嘴边的肉，就这样变回了鸡。

不几日，家里又丢了一只老母鸡。母亲在房后的苇子湾里唤了半天，也没有回音，只得黯然作罢。午后，我悄悄潜进了苇子湾，拨开已经枯黄的芦苇，对整个苇子湾进行了地毯式搜索。我最希望看到的，是半只被狐或貔吃剩的毛鸡，只有鸡到了这种状况，我才可以吃到。我花去了半天的时间，把苇子湾搜了个底朝天，也没能找到一根鸡毛，却竟外地捡到了一窝鸡蛋，有七八个之多，总算对母亲有了一丝慰藉。自那时起，我即养成一嗜好，常于闲暇之时在草丛柴垛之旁搜索，希望发现鸡蛋或鸡雏，但终未能如愿。时至今日，每到郊区农村闲走，见了草丛柴垛，仍下意识地搜索一番，竟难改陋习。

那只老母鸡就这样消失在我们的生活里，没有留下一丝的痕迹。时光缓慢地行走在我幼小的生命里，对于吃鸡的渴望与日俱增，尽管我知道这只能是一个可遇而不可求的美梦。那只老母鸡淡出我们的生活之后，忽然又奇迹般出现了。那是一个星期天的上午，10点多的光景，它慢慢地踱着步子，像一个凯旋的将军。来到院子中央，它忽然伸展开双翅，从两翅下竟降下一群叽叽欢叫的雏鸡，我数了数，竟然是11只。母亲听见声音，从屋里出来，见状大喜，回屋抓了一大把金黄的玉米粒子，撒在了它的身边。其他的鸡想凑过去分享，统统被母亲拿笤帚赶开。母鸡已饿良久，贪婪啄食，但仍不忘护雏，每见有雏走远，即用翅圈回身边。我心下一暖：这多像我们一家呀。作为"功臣"的老母鸡，终被母亲所杀。它已经养成了在外产蛋自行孵雏的习惯，俗称"不着调"。但外面着实凶险，它产的蛋不是被蛇所吞，就是被别人所获。母亲在一个月没看到它产的蛋后，终于狠下心来，拿它为我们兄妹解馋。那是我们家第一次杀鸡，也是全家吃到的第一只完整的鸡，每人得一平碗，大快朵颐。

时年，笔者10岁。至今忆起，鸡香犹在胸腔。但今日之鸡，远非幼时之鸡，再食，味同嚼蜡。

报警

公共汽车平稳地行驶在人烟稀少的公路上。

再有一个小时就能与分别一个多月的丈夫见面了。邵倩按捺不住激动，拿出手机给丈夫打了一个电话，告诉丈夫她已经过了A市，再有一个小时就到站了，让他到车站来接她。

打完电话，邵倩将小巧玲珑的手机攥在手里，反复抚摸着，心里升起一股甜蜜。手机是去年情人节时丈夫给她买的，她一直爱不释手，没事就拿在手里摆弄。出差的这一个多月，为了省话费，她一直通过编写短信和丈夫互通平安，有时也写些肉麻的话。

邵倩往窗外望去，公路的两边全是连绵起伏的丘陵，没有一个人影。天已经渐渐暗下来了，估计到了市里已经是华灯初上了。

"都别动！谁动就打死谁！"一声粗野的断喝，使刚刚还十分安静的车厢内骚动起来。

车厢内站起了三条大汉，有一个人拿枪指着司机的脑袋。另两个大汉一个站在车厢尾部，一个站在车厢中部，都拿着一尺多长的尖刀。

站在车厢尾部的歹徒声嘶力竭地吼道："大家听好了！我们今天没别的意思，就是想借点儿钱花花！我们只图财，不害命，但谁要是敢不配合，那就别怪我们弟兄们手黑了。"

人们都安静了下来，车厢内的空气沉闷了下来。坐在邵倩前面的一个中年人拿出手机，刚按了几下，就被一个歹徒劈手夺了过去，并在他的肩膀上狠狠扎了一刀！邵倩惊叫一声趴在了前面的椅子背上。

那歹徒嚎叫道："大家看了吗？这就是反抗的下场！告诉你们，别指望有人来救你们！这个地方前不着村，后不着店，你们唯一的出路就是乖乖地把钱拿出来。"

在前面拿枪的歹徒骂道："他妈的，谁敢打电话报警就放他的血！"

接下来，由站在车厢中间的那个歹徒监视着大家，车厢尾部的歹徒开始从后面往前挨个抢钱。他不但抢钱，手表、手机、首饰等贵重物品他都要。他搜得非常仔细，不论男女，他都要把所带的包裹以及身上搜一遍。谁稍有不从，他就没头没脑地扎一刀。这一来，就没人再敢反抗了。

全车厢40多个人，足足搜了半个多小时，还没有全部搜完。

当搜到邵倩面前时，车忽然慢了下来，随即听到拿枪的歹徒叫道："不好！有警察！"

正前方的路面上，整整齐齐地站着一排全副武装的警察！他们的身后，是几辆警灯闪烁的警车。

拿枪的歹徒骂道："他妈的，是谁报的警？谁报的警？"

另一个歹徒说："先别说这个了，赶快下车吧！"

拿枪的歹徒用枪敲了敲司机的头，恶狠狠地说："快停车！要不老子先崩了你！"

已经晚了，车一停下警察就将整个车全部包围了，三个歹待见已经跑不掉了，乖乖地束手就擒了。

人们刚刚经历了一场劫难，见危险一过，不由得都兴奋起来。人们纷纷问：谁报的警？谁这么厉害，在歹徒的眼皮子底下报了警？

只有邵倩知道，是她冒着生命危险报的警。

当第一个想用手机报警的中年人被捅了一刀后，邵倩装作害怕，就势把头顶在了前面的椅子背上，她利用自己的身体作掩护，把手机摁在大腿上，给丈夫发了一条极短的信息，只有四个字：有人打劫。当时，她趴在椅子背上，歹徒以为她是吓破了胆，没有理会她。他们做梦也想不到，这个柔弱的女子用了4个字的手机短信就把他们送到了警察的手里。

风雪记忆

1978年，我在邻村的小学里读一年级。学校里只有一位女老师，她高挑的身材，两根长长的大辫子直垂到腰际。最引人注目的当数她那双明亮的眼睛，看人的时候，总一闪一闪的，像在和你说话。

入学后不久，老师让我们每人交一块五毛钱的书费。我中午回家向母亲要了钱，就连蹦加跳地向学校跑来。一进教室，就看到同学们正围在老师身边争先恐后地交钱。我也不甘示弱，一边往前挤一边从褂子兜里往外掏钱。谁知，放在兜里的钱却已不知去向。当时，我的感觉不亚于大祸临头。因为，作为一个过早失去父亲的孩子，我深深地懂得这一块五毛钱的份量，这是母亲借了四五家才勉强借到的呀。想到这里，我的眼泪不由自主地落了下来。虽然我年仅8岁，但已失去父亲5年了。况且，我上面有两个念小学的哥哥，下面有一个小我两岁的妹妹，母亲为了我们兄妹4人的生活已经操碎了心，我又丢了钱，母亲该多么伤心呵……

"邢庆杰，你在想什么？"老师的一声询问使我打了个哆嗦。我抬起头，才发现所有的同学都在看着我，老师那双会说话的眼睛也在注视着我。我又羞又愧，恨不得赶快找个地洞钻进去。正当我无所适从的时候，老师轻声说："同学们，上课吧！"同学们都乖乖地回到了自己的座位上，使我从难堪的困境中解脱出来。当时，我以为老师早晚会问我书钱的事，就整日提心吊胆的。时间一天天地过去了，她始终没有问书钱的事。这使我稍稍安了心。不久后的一天早晨，当老师提着一捆新书走进教室的时候，我顿时又惊慌起来。我想：我没有交钱，这书肯定没有我的份了。谁知，老师拿起一本崭新的课本，第一个喊的就是我的名字。我迟疑地站起来，泪水溢满了双眼……从此，我再也不敢正视老师那双会说话的眼睛。面对她，我总有一种深深的自卑感和愧疚感。

最令我刻骨铭心的是1978年冬季发生的那件事。那是一个寒冷的早晨，我顶着凛冽的西北风和打在脸上生疼的小雪雹，踩着冻得滑溜溜的路面来到了学校。进教室之前，我着实犹豫了一阵。因为昨天放学的时候，老师嘱咐我们今天每人带一块钱的煤费来，家里没钱的，就带一筐炭坯（用炭沫、土和在一起制成）来。我家里当然没有炭坯，更没有钱。昨天晚上母亲借了五六家也没能借到一分钱。我只得硬着头皮来到了学校。我低着头，贴着门框溜进教室。谁知，我刚进门，就听到一个同学说："老师，邢庆杰没拿炭坯来。"这一声，使同学们的目光都集中到了我的身上，我心一横：干脆不上这个学了，省得丢人现眼。就转身跑出教室，跑进了狂啸的风雪中。

刺骨的寒风穿透我单薄的棉衣直沁入肺腑，使我边跑边打着哆嗦。"邢——庆——杰——，站——住——"背后传来老师焦急的喊声。我回头一看，老师正一步一滑地追了上来。我本想往家跑的，一见她追上来，就往村子西头（我家在东头）跑去。"快站住！危险——"老师的喊声越来越近了。我情急之下，看到前面有一座猪圈棚，就翻身跳了进去。这是一座母猪圈，养着一头母猪和一窝小猪崽。我刚进去，护崽的母猪立即呲着牙向我逼过来！吓得我尖叫着连连后退。这时，老师循着声音找过来，见我危险，赶紧翻进猪圈棚。由于地面打滑，她人一落地就滑倒在地上，额头正磕在坚硬的水泥食槽子上。她痛苦地呻吟了一声，手捂着伤处勉强站了起来，血立即涌满了指头缝。我吓坏了，忘记了母猪的威胁，几步跑到她跟前，抱着她的腿哭道："老师，我不跑了……"她疼得脸上失去了血色，眼泪在眼眶里直打转。后来我们都出了猪圈，她看了看沾在手上的血，轻声说："回学校吧，你的煤费我给你垫上了。"我心中一热，听话地向学校的方向走去。快到学校了，老师还没有赶上来。我回头一看，心顿时剧烈地抖动了一下，"哇"的一声哭了。老师在距我很远的风雪中，一只手捂着受伤的额头、另一只手扶着膝盖，正一瘸一拐地向我走来。她那天走路的艰难姿势深刻地印在了我的脑海中，并无数次在我的梦中隐现……

时光如白驹过隙，转瞬之间20年过去了。不久前，我在一个偶然的机会里重新见到了我的这位小学老师。谈及那次风雪中的事，她笑着说："记得记得，是有这么回事。"就陷入了沉思。过了片刻，她若有所思地说："那一年，我16岁。"我吃了一惊，那次风雪中的经历又一幕幕涌上心头，那样的寒冷和疼痛、慈爱和宽容，竟是出自一个16岁的少女吗？那时我是一个不懂事的小孩子，而她也只是一个刚离父母怀抱的大孩子呀。回首往事，我百感交集，充满愧疚地叫了一声："老师。"

送你一缕阳光

那是1985年隆冬的一个凄冷的日子。我在凛冽的北风中徘徊在县城的新华书店门口。那一天没有太阳，天阴阴的，正如我那时的心情。

我终于咬着牙迈进了书店。其实我蓄谋已久，我看好了柜台里的一本书，就是那本著名的《钢铁是怎样炼成的》。放那本书的玻璃柜台正好碎下了一个角，而那个角正好在外面，恰容一只手伸进去。几天前，我在看到那个缺孔的一刹那间已经打定了某种主意，只是控制着，不肯付于行动。当我乘店里人多，终于将一只颤抖的手伸进去的时候，尽管在心里反复念叨着"偷书不为窃也"的那句歪理名言，仍有一种犯罪感深深地浸透了我。幸好，没人发现，我将那本书快速地抽出来揣在了怀里，心狂跳不止。我见周围并没有人注意我，就装作若无其事的样子慢慢逃离了现场。

出了书店的门，一种大功告成的成就感使我几乎跳起来。但就在这时，一只大手不轻不重地拍上了我的肩头，刹那间，一种天要塌下来的感觉使我心如死灰。我跟那个人来到了一间办公室里。那是个30多岁的男人，有些胖，戴着一副宽边眼镜，脸很白，头发乌黑且一丝不乱。"我、我很喜欢这本书，家、家里没、没……"我把那本书放在面前的写字台上，语无伦次地解释着。但后来我才发现那个人自始至终一句话也没有说，只是对我微笑着，是那种宽厚的微笑。等我不再解释了，他才对我说：这本书要放回去的，你自己再去买一本吧。说完，他递给我一张两元面值的人民币。我没有接，自小倔犟的我感到自尊心受到了莫大的伤害。

我呆了一呆，忽然转身跑了出去。

顶着寒风，我在阴暗的路上匆匆走着，心情十分沮丧和惭愧。离书店很远了，忽然有一个骑自行车的人超过我后在我面前停了下来。我一看，正是抓我的那个人，心里一阵慌乱。那人支好自行车，将一本书递过来说：拿上吧，我已经为你付了钱。一时间，我不知所措，也不敢去接那本梦寐以求的书。那人将那本书拍到我的手心里，并顺势摸了摸我的头。我抬头看他，见他仍然微笑着，用充满宽容的目光看着我，乌黑的头发已经被风吹乱。一瞬间，我感到一股暖融融的东西从心底升腾起来，并在他的目光里感受到了一缕灿烂的阳光。我没有再犹豫，将那本书紧紧地抱在了胸前。那一年，我14岁。

自此，每次走进书店，我总感觉有一缕阳光在温暖地照射着我，使我想起那双宽容的目光。不知从何时起，一向性情暴躁的我开始以宽容的目光对待事物了。我想，我是否也想成为别人心头的一缕阳光呢？

1999年10月，我去上海参加一个笔会。在临离开的前一天，我和一位山东老乡搭伴去南京路附近的一家书店买书。那家书店叫"南方书店"，四层楼。逛了一个多小时，我选了十几本书，然后在门口交了款，就准备回下榻的宾馆。刚出了书店的门，就听门口的警铃尖利地响了起来。一个保安随即将正从门口经过的一个女孩拦住了。那个女孩约十七八岁，穿着一身旧运动服，一看就是在校学生。她红着脸从她的书包里拿出了一本书，交到保安的手里。这时，我已经走到她的面前，我对保安说，对不起，我们一起的，她忘了交钱。说着话，我将一张50元的票子塞到那个保安的手里。也许是我手里提着一摞价格不菲的书的缘故，尽管他有些怀疑，但还是让我替那个女孩补交了书款，这件事就不了了之了。出了书店，那个女孩过来给我深深地鞠了一躬，一句话也没说，就红着脸匆匆忙忙地汇入了人流中。

回来的路上，老乡问我：你这叫啥？见义勇为还是英雄救美？我笑了笑，什么也没有说。

也许，那本书，能成为那个女孩心头的一缕阳光。

把柄

小时候，我最怕的人是小我两岁的妹妹。在家里，其他人的话可以统统不听，但妹妹的话我却不敢稍有违抗，否则，她便冲我喊一声"俺去说了"。然后亮出往外跑的架势。我就得乖乖地顺从。

之所以如此，是因为我有一个不可告人的"把柄"在妹妹手里握着。

那时候我读小学三年级，妹妹读二年级。那时农村教学条件差，校舍少，我们二、三、四年级全都挤在一个教室里，所以我和妹妹算是"差级同学"。

事情出在我的同桌刘晓梅身上。刘晓梅的爸爸是公社干部，家庭条件较好，不但穿着打扮与我们不是一个档次，而且文具也极豪华（在那时我的眼中）。有一天下午，刘晓梅一进教室就兴冲冲地从书包内掏出一个绿皮笔记本，炫耀说：这是俺爸从济南买来的，咱县城里都没有哩。我接过来翻了翻，顿时有点儿爱不释手了。那个笔记本不但纸质光洁，而且还有几个漂亮的插页。正看得入迷，刘晓梅一把夺过去说：别看了，弄脏了你又赔不起！顿时把我弄了个大红脸。

可能是因为那个笔记本太吸引人了，也可能是我受到伤害的自尊心需要实施报复才能获得平衡。在课间活动时间，我乘教室内无人，顺手牵羊把那个绿皮笔记本揣在了怀里，然后悄悄溜回了家（学校后即是我家）。

我清楚地记得，为了不使笔记本从胸前滑下来，我把两只手对抄在袄袖里，两条胳膊紧紧勒在胸前。

临放学时，刘晓梅"哇"地哭了一声后，报告老师说自己的笔记本不见了。老师便命令同学们都将自己书包内的东西全倒出来，同桌之间互相检查，结果自然是没找到。那一刻我非常得意。

那个漂亮的笔记本被我压在炕席底下。放学后，我迫不及待地拿出来欣赏。不料，妹妹一脚从外面迈进来，看个正着。妹妹的脸当即就变了，恨恨地骂道：你是小偷！你不要脸！我告诉老师去！我吓坏了，赶紧拦住她，好话说了一大堆，又拿出一副可怜巴巴的样子，最终"感动"了妹妹，答应不把这件事说出去。

此后，就没有我的好日子过了。妹妹每有事，必让我代劳。拔菜、喂猪等一切她干的活全落在了我的身上。家里人都觉得奇怪，问我：你怎勤快起来了？我有苦难言，只能没好气地说：俺愿意干！最让我难以忍受的是，每当家里其他人管不了我时，妹妹便跳出来指手画脚，以显示她的权威。有时候我不愿顺从，她便说一句"俺去说了"，我只好就范。

这种情况一直持续了好几年。那几年中，我在家里一直抬不起头来，从不敢随心所欲地干什么或不干什么，无形中总感到有一种危险潜伏在我的周围，随时威胁着我，支配着我，令我苦恼万分。

时至今日，我和妹妹都已长大成人，妹妹当然不会再拿那件事要挟我了。但因有了那件事的深刻体会，使我认识了一些做人的道理。步入社会的这20多年中，我时时处处把握着自己，在任何事情上都不敢稍越雷池半步，因为我懂得，凡不属于自己的，即使得到了，也必有所失。同时我也感觉到了心底无私问心无愧的坦然，这份心境是千金换不来的。小时候落到妹妹手里的把柄，成了今日策我做人的教鞭，随时随地将我不该萌生的私心杂念击落尘埃。

叫魂儿

　　"叫魂儿"是我们家乡的一种风习。有年幼的孩子突然发烧、说胡话，哭闹不休，那就是被什么给吓着了，魂儿跑了，需再"叫"回来。

　　据大人们说，叫魂儿是很灵验的。有的孩子生病后，打针、吃药、输水都不见好，可大人一给他"叫"魂儿，再睡上一觉，第二天准好。成年后，我曾就"叫魂儿"这个问题，咨询过省医科大学的一位教授，那位在医学界很有名气的教授对此也做不出肯定的答复。他只是浅浅地一笑说：这个事在医学上还无法解释，而且在其他科学上也无法解释，但它确实存在着，还起着不可替代的作用。

　　"叫魂儿"是一种书面语言，我们老家的说法是"给孩子叫叫"。叫魂儿的时候，要到一个僻静的地方，不能被人看见，如果中途被人"惊了"（打扰），那就得重新叫一次。还有，叫魂儿回来的路上，遇到人也不能说话，话一出口，这次又不灵了，还得重来。

　　我10岁那年，目睹过一次叫魂儿的全过程。

　　那是一个傍晚，我和一群小伙伴在街上玩"水流水"。不知从什么时候起，蛋子娘腋下夹着一件小棉袄，在我们身旁转来转去，不时地瞅瞅我们，很焦心的样子。我们谁也没注意她，仍旧手牵着手，围成一个大圆圈，一边疯狂地转着圈子，一边大喊："水流水，水流水，我们都是木头人，不许说话不许动。"说到这儿，大家忽然同时停下来，泥塑木雕般不动了，像被武林高手点了穴道。

　　天已经黑了，村庄的各个角落里响起了此起彼伏的呼唤声，都是叫孩子回家吃饭的。母亲也来喊我回家吃饭，看见了蛋子娘，就问：老大家的，这么黑了还转悠么？蛋子娘叹口气说：俺蛋子发烧，都说开胡话了，打了一针，还不行，俺寻思给他叫叫，可这几个小兔羔子总也不走。母亲便喝叱我们：什么时候了还玩，都回家吃饭去！我们便发一声喊，作鸟兽散了。

母亲在前面走，我在后面跟着。快到家门口了，我无意中一回头，见一个人影正小心翼翼地往村外走，一看那走路的架势，就知道是蛋子娘，蛋子娘走鸭步，这是全村人都知道的。我忽然想起刚才她说过的话，心里一动，便悄悄地转回身，远远地尾随着她，向村子外走去。

村外有一大片苇子湾，每到晚上，这个地方最静。蛋子娘走到苇子湾边上，停下脚步，前后左右地看了看，我赶紧学着电影上侦察员的样子趴在地上。

正是深秋，晚风悠悠地吹动一人多高的苇子，密密的苇子梢来回摆动，发出"沙沙"的声音，好吓人，我不由打了个哆嗦。

蛋子娘确信周围无人后，就把腋下的小棉袄拿到胸前，双手提着领子，白白的袄里子朝外，好像要给谁披上似的。然后，她拉长了声音，冲着黑压压的苇子湾小声喊："蛋子——回——来——吧——"那声音又软又轻，像从很远的地方传过来的，听得我心里直发毛。"蛋——子——回——来——吧——"蛋子娘又喊了一声，那声音里透着一股神秘的韵味儿，虽然绵长，但刚吐出口，就被深深的苇子湾给吸了进去。我想：蛋子的魂儿就在这苇子湾里藏着吗？忽然觉得这事有点儿恐怖。

"蛋——子——回——来——吧——"蛋子娘喊完这一声，轻轻地将棉袄合上了，像包进了什么。她把那件棉袄裹得紧紧的，像怕把棉袄里的所谓魂魄丢掉似的。最后，她把棉袄又夹在了腋下，轻手轻脚地往村子里走。我爬起来，轻轻掸了掸身上的土，跟在她后面进了村。

正是吃饭的时间，一路上没遇到人，我们很顺利地来到了蛋子家。蛋子娘一直没发现我，进了院，她径直进了屋。我悄悄爬上了窗台。

透过窗户，我看见蛋子在炕上睡得沉沉的，小脸蛋子通红，像抹上了一层厚厚的油彩。蛋子娘蹑手蹑脚地走到炕前，把腋下的棉袄拿出来，轻轻抻开，嘴里轻声念叨着："蛋子，回来吧，蛋子回来吧……"边念边把棉袄盖在了蛋子的身上。

到此为止，蛋子娘才长长地出了一口气，脸上露出了疲惫的笑容。

我本想大喊一声吓她一跳，然后逃开的。见她这样累，不忍心让她再重新叫一次了。我悄悄溜下窗台，小偷一样离开了蛋子的家。

那一夜，我没怎么睡好。我躺下后才开始担心：蛋子娘叫魂儿让我看到了，还能灵验吗？蛋子能好吗？如果他死了呢……带着这些问号，我渐渐沉入了梦乡。

第二天一大早，我还沉在梦乡里，就听到有人连续喊我的乳名，睁眼一看，蛋子朝气蓬勃地站在炕前，兴奋地说：咱们去玩水流水吧！我心里顿时一阵轻松，"忽"地坐了起来。

一晃，我迈入了成年人的行列，进了城，也娶妻生子了。一年冬天，儿子连续哭闹不止，还发烧、咳嗽，输了两天液也没起什么作用。一位老中医对我说：孩子可能吓着了，给他叫叫吧！我一听，顿时舒展开了紧锁的眉头，乐了。这根植于乡村的"叫魂儿"，啥时也进城了哩？

惆怅

这是个绿树环抱的小村，和一条柏油公路隔河相望。若是盛夏，从公路上看小村，只见树木不见房屋，犹如一座绿色山峦。这座"山峦"里住着我的挚友——同班同学沈君。

因为这一阵子瞎忙，竟有两个多月没拜访沈君了。所以一走下公共汽车，我便急匆匆踏上了连接公路和村子的小桥。脑子里映现出沈君乍见我时的那份惊喜，以及他妻子淑娟那矜持、羞涩的笑，还有小侄亮亮，他一定像以往那样，奔跑着投进我的怀抱，口里甜甜地喊着："叔叔！叔叔……"我不由又加快了脚步。

我与沈君在学校时是同桌，毕业届虽相隔近百里，但一直未断了来往。我之所以与沈君交好，不仅因志趣相投，还因他有一个和谐美满的家庭。沈君的豁达大度，淑娟的温柔贤惠，以及亮亮的天真可爱，使至今仍在"围城"之外徘徊的我一踏入他家便感到一种家的温馨，每每羡慕不已。更令我难忘的是两个月前，我从沈君家小住两日后，临走，亮亮竟像个小大人一般拉着我的手，仰着张粉红的小脸奶声奶气地说："叔叔，你以后常来玩啊！"激动得我当即把他抱起来，在他光滑的小脸蛋上亲起来。

下了小桥，拐进第一个胡同，第二个门即是沈君的小院。我步入沈君的大门，刚想喊，却猛地呆住了！昔国洁净的小院里横七竖八地躺着一些玉米秸、枯树枝，还有一摊摊的牲畜粪便。屋门敞开着，依稀可见屋内也布满了尘土杂物。我怀疑是走错了门，惊疑间，背后一个干巴巴的声音问："找谁呀？"回头看，一位干瘦的老大娘正疑惑地盯着我。我问：这家里的人呢？老大娘又盯了我一阵，终于消除了疑虑，长叹了一口气说：唉！别提了，真可怜人啊！我的头顿时"嗡"地大了一圈，一种不祥的感觉瞬息之间笼罩了我。

没容我回过神来，一个熟悉的声音从大门外传进来："亮亮！亮亮！……"随着喊声，从门外趔趔趄趄地走进来一个蓬头垢面、衣衫褴褛的少妇。我的心顿时像被什么咬了一口，这不是淑娟吗？我扔下手提包，过去抓紧她那双脏兮兮的手问："嫂子，你怎么成这个样子了？沈君和亮亮呢？"她用散乱的目光扫了我一眼，表情很陌生。我一阵酸楚，用力摇了摇她的手喊："嫂子！你不认识我了？！"猛然，淑娟"啊"地惨叫着挣脱我的手，大喊着"亮亮"跑了出去。我呆了，大脑一片空白。

良久，身旁的老大娘长叹了一声："唉！好好的一个家，说毁就毁了。"我回过神来，有些胆怯地问："大娘，他家里是不是出事了？"老大娘便抹着眼泪向我诉说了沈君一家的遭遇。

大约一个月前，沈君用"嘉陵"驮着亮亮在公路上兜风，被一辆高速行驶的货车迎面挂上，当场车毁人亡……

我不知自己是怎么走出沈君家大门的。沈君的言行举止、音容笑貌彩蝶穿花般在我面前交叉、迭现，脑际深处传来亮亮那脆脆的喊声："叔叔……"不知不觉中，我已泪流满面。

来到公路边上，我望着急驰而过的大小车辆，想起沈君一个美满家庭的毁灭，又想到近几年交通事故的与日俱增，心中油然升起一股浓浓的惆怅……